de Bibliotheek
Breda

Cito-stress, turntoestellen en afscheidsfeest

Van Gonneke Huizing verscheen eveneens:
Slikken of stikken (ook als luistereditie verkrijgbaar)
4-love
Babylove
Verboden te zoenen

www.uitgeverijholland.nl
www.gonnekehuizing.nl

GONNEKE HUIZING

Cito-stress, turntoestellen en afscheidsfeest

tekeningen van Erica Ringelberg

Uitgeverij Holland - Haarlem

NEDERLANDSE
KINDERJURY

Dit boek kan gekozen worden door de kinderjury 2009

Dit ben ik.

Naam:	Fleur van Vlaardingen (ik weet het, he-le-maal belachelijk 3 x een f-klank aan het begin; vonden mijn ouders dus leuk.)

Jarig op:  26 augustus (morgen ben ik jarig! Hoera! Hoera! Hoera!)

Mijn hobby's zijn: lol maken met mijn vriendinnen, shoppen en schrijven (vandaag, 25 augustus, begin ik mijn dagboek)

Mijn sport is: turnen (selectie)

Ik eet het liefst: lasagne en pizza

Mooiste kleur vind ik: lila (als ik naar de brugklas ga, volgende zomer, mag ik mijn kamer verven; lila dus!)

Mijn lievelingsdier is: hond (het allerliefst zou ik een hondje willen, maar papa en mama vinden het teveel werk)

Leukste schoolvakken zijn: taal, tekenen en gym

Ergste vak is:

rekenen (ben ik super-, superslecht in)

Mijn beste vriendinnen zijn:

Sharon, Tess en Mirte uit mijn klas en Britt en Nicky van turnen

Ik ben verliefd op:

Nigel (leukste, liefste, grappigste en lekkerste hunk van de klas, de school, nee, van de hééééle wereld!)

Ik heb een bloedhekel aan:

de make-updozen (groepje van vier tutten uit mijn klas), kamer opruimen en nog een keer: rekenen!

Wat ik wens:

dat ik een hond heb en verkering krijg met Nigel

Zaterdag 25 augustus

Morgen ben ik jarig en overmorgen is het de eerste dag van groep 8. Ik heb bedacht dat ik vanaf mijn elfde niets meer wil vergeten.

Van daarvoor weet ik al een heleboel niet meer. Nou ja, nog wel dat ik met Nigel, de leukste jongen van de klas, in groep 1 en 2 verkering had, en dat ik het toen in groep 3 uitmaakte. Ik vond toen alle jongens, en dus ook Nigel, stom met hun wilde spelletjes.

In groep 7 vond ik hem vet leuk en op het afscheidsfeest voor de zomervakantie, dat groep 8 elk jaar voor groep 7 organiseert, heb ik hém gevraagd, maar Nigel zei dat hij nog niet wilde.

'Nog niet?' vroeg ik verbaasd. 'Later wel dan?'

'Misschien,' zei hij.

Wel een beetje stom. Sharon zegt steeds dat hij me aan het lijntje houdt en dat ik iemand anders moet kiezen. Thijs bijvoorbeeld. Die is ook best leuk, maar ik vind Nigel leuker. Ik wacht gewoon.

Wie weet, wordt het dit schooljaar iets tussen ons.

Nigel komt uit Egypte, heeft een zachtbruine huid en donkerbruine ogen, kan goed toneelspelen, is grappig (iedereen moet altijd om hem lachen, óók de juffen en meesters), kan goed voetballen en is gewoon aardig. Écht aardig. Behulpzaam en lief. Dat klinkt haast een beetje eng braaf, maar dat is hij niet. Nigel is echt een schatje.

Jammer genoeg vind ik dat niet alleen, dat vinden meer meiden. Ze proberen allemaal verkering met hem te krijgen. Vooral Valerie, de aanvoerster van de vier make-updozen. In de onderbouw was ze een van mijn vriendinnen, maar toen ik in de selectie ging turnen, werd ze ineens vriendin met Mandy, Natasja en Desirée. En dat is zo gebleven. Tegen mij ging ze toen heel stom doen.

Aan het eind van groep 7 gaf Valerie een heel groot feest voor haar verjaardag. Ze zouden gaan barbecuen en daarna naar een thuiswedstrijd van de voetbalclub van haar vader. Die is daar trainer. Eerst zei ze dat ze de hele klas zou uitnodigen, maar uiteindelijk nodigde ze alle jongens uit, haar vriendinnen en ook nog Jennifer en Robin, twee meisjes uit mijn klas die dol op voetbal zijn. En de andere meiden, met wie ik dus omga, niet.

Echt ontzettend flauw. Sindsdien zijn we nog grotere vijanden van elkaar en heeft Sharon de make-updozen bedacht.

Ik wil dus de belangrijke gebeurtenissen uit mijn leven onthouden.

Ik vroeg mama laatst wat zij nog wist van groep 8 en dat was bijna niets. Ja, ze wist nog de namen van de meester en van haar vriendinnen, maar niet meer wat ze allemaal deed en voelde en dat soort dingen.

Papa wist alleen nog dat zijn vriendinnetje Fieke het in groep 8 uitmaakte en dat hij toen een briefje op haar rug had gespeld met daarop geschreven 'lege bovenkamer te huur'. Dat was best zielig voor Fieke, want ze was volgens papa niet zo slim. Verder wist papa ook niet zoveel meer.

O ja, toch nog iets. Papa moest getest worden voor de

middelbare school. Hij moest een heleboel vragen beantwoorden. Een van de vragen was: Stel dat je een piloot bent en je moet een noodlanding maken op het vliegveld omdat de wielen kapot zijn. Laat je dan de landingsbaan insmeren met groene zeep of laat je er zand op strooien. Die vraag vond papa toen reuze interessant omdat hij zelf graag piloot wilde worden. Papa zei dat hij er zand op zou laten strooien. Dat was dus he-le-maal fout volgens de testmeneer. Dan zou het vliegtuig over de kop gaan en in de fik vliegen. Papa schaamde zich te pletter en wilde meteen geen piloot meer worden.

Ik wil meer onthouden dan mijn ouders. En daarom ga ik dus een dagboek bijhouden, of beter gezegd: een Belangrijke Dingenboek, want ik wil vooral over dingen schrijven, die voor mij belangrijk zijn, dingen die er echt toe doen.

Om te beginnen ga ik vertellen hoe ik op dit moment ben. Ik ben dus tien jaar en 364 dagen en verliefd. Ik ben enig kind en dat vind ik meestal wel prima. Ik hoef nooit iets te delen en ik kan altijd op de computer. Alhoewel, dat is niet helemaal waar, want ik mag maar twee uur per dag voor de LOL computeren. Mijn ouders zijn namelijk vet streng. Ze willen geen verwend kind van me maken, zegt papa altijd. Ze hadden graag meer kinderen gewild, maar dat is niet gelukt. Mama heeft wel een keer uitgelegd hoe dat komt, maar dat ben ik alweer vergeten. (Zie je nou hoe belangrijk het is dat ik dingen opschrijf?)

Soms is het ook ontzettend saai om enig kind te zijn. Mijn vader is professor in de scheikunde en zit vaak te lezen. Af en toe vertelt hij iets over een proef waar hij mee bezig is. Daar snap ik nooit iets van, maar mijn moeder wel. Die is patholoog-anatoom. Dat betekent dat ze in lijken snijdt. Ja, niet zomaar natuurlijk, maar om onderzoek te doen. Brrr. Mijn moeder vertelt ook wel eens iets over haar werk, maar dan doe ik mijn oren dicht.

Mijn oma woont ook bij ons. Nou ja, niet helemaal echt bij ons in huis. Wij hebben namelijk best een groot huis en aan ons huis zit nog een kleiner huisje vast en daar woont oma. Vlak na mijn geboorte is opa overleden en toen is oma daar komen wonen.

Eigenlijk is oma een soort tweede moeder van mij. Ze is superlief. Ze is er bijna altijd als papa en mama er niet zijn en dat is heel erg vaak.

Ik houd van lezen en tekenen en ik haat rekenen. Dat kan ik ook helemaal niet. Verder ben ik dol op turnen. Toen ik vier was ging ik op gymnastiek. De gymjuf heeft toen aan mijn ouders gevraagd of ik niet in de selectie mocht. Dat vonden mijn ouders eerst niet goed, want dan moest ik elke week minimaal negen uur trainen. Pas toen ik zeven was en mijn Zwem-ABC gehaald had, vonden ze het wél goed.

Ik train nu twaalf uur in de week. Op maandag van vier tot zeven, op woensdag van twee tot vijf, op zaterdag van negen tot twaalf en ook nog op zondagochtend. Wel veel, maar ik vind het hartstikke leuk, meestal. Behalve soms in het weekend, want ik ben ook dol op uitslapen.

Ik doe een heleboel turnwedstrijden per jaar. Ik heb veel medailles, waaronder vier gouden!

Hoewel het nog vakantie is, zijn de trainingen alweer twee

weken in de ochtenduren bezig. Zucht. Uitslapen is er niet meer bij.

Zondag 26 augustus

Vandaag ben ik dus elf geworden. En het was de allermooiste verjaardag van mijn leven tot nu toe. Die vergeet ik sowieso nooit meer, want mijn aller-, allerliefste wens is in vervulling gegaan. (Geen verkering met Nigel hoor, dat is mijn tweede liefste wens!)

Je raadt nooit, helemaal nooit wat ik gekregen heb. Een hond!! Een echte, echte hond. Ik wilde al zooooolang een hond, maar papa en mama vonden het niet goed.

'Zo'n dier heeft aandacht, liefde en verzorging nodig,' zei mijn moeder altijd, als ik om een hond vroeg.

'En ík ga er niet mee lopen,' zei m'n vader dan een beetje dreigend.

Maar papa en mama vonden eigenlijk dat ik wel erg alleen ben, af en toe. En nu heb ik dus een hond.

Vanochtend al heel vroeg (ik moest namelijk om negen uur turnen) kwamen papa en mama aan mijn bed met een lekker ontbijtje en een cadeautje. Het was een poster voor op mijn kamer. Ik was een beetje teleurgesteld, want ik zag helemaal geen andere cadeaus. Ik rolde de poster uit en zag vijf jonge hondjes. Beagles heten ze.

Ik heb ooit een film gezien waarin een zwart met bruin en wit hondje (een beagle dus) meedeed. Zo'n schatje. Vanaf dat moment mijn lievelingshond.

'Beneden staat nog een cadeau,' zei m'n vader en hij lachte er geheimzinnig bij.

'Ligt, denk ik,' zei mijn moeder. En zij had ook al zo'n speciaal lachje.

Ik vloog naar beneden en daar lag, in een grote kooi een snoeperig, klein hondje.

Hier zie je mijn nieuwe hondje. Lief hè?

Het was nog maar een puppy. 'Een vrouwtje,' zei mijn moeder, 'vrouwtjes zijn namelijk liever en rustiger dan mannetjes.'

'Ja,' zei mijn vader, 'net als bij mensen. Daar zijn de meisjes ook liever dan de jongens.'

Ik maakte de kooi open en het hondje kwam kwispelend naar me toe. Ze begon meteen mijn handen te likken. Zo lief, zo allerverschrikkelijkst lief, de liefste die ik ooit heb gezien.

Ik vond het best heel zielig, dat ze in een kooi zat, maar mijn vader legde uit dat die kooi een bench is en dat het juist goed is dat zo'n hondje een eigen afgesloten plekje heeft, waar ze tot rust kan komen.

'Je moet een naam voor haar verzinnen,' zei mijn moeder, 'en die moet met een C beginnen. Alle hondjes van haar stam hebben namelijk namen die met een C beginnen.'

Ik kon zo snel niks bedenken.

'Je hebt de hele dag nog de tijd,' zei mijn moeder.

Van oma kreeg ik allemaal hondenspullen. Een mand, een riem, een etensbak, een waterbak en wat hondenspeelgoed. Een bal en een dik touw, waar ze lekker in kan bijten.

Onder het ontbijt moest ik steeds naar mijn nieuwe hondje kijken. Zoooo lief. Ik maakte snel met mijn mobiel een paar foto's van haar.

Voor het eerst had ik echt geen zin in de training. Toen ik er eenmaal was, was het toch wel weer erg gezellig. Lisa, onze trainster had in de pauze taart en ik trakteerde nog op chips. Van Nicky en Britt kreeg ik gave oorbellen. Natuurlijk liet ik iedereen de foto's van mijn nieuwe hondje zien en iedereen vond haar vet schattig.

Ze wilden weten hoe ze heette, maar dat wist ik nog niet. Een C is best een moeilijke beginletter. Nicky bedacht Charlot en Britt bedacht Char. Mwah, niet echt heel leuk.

Al het bezoek dat 's middags kwam, dacht ook mee. Oma kwam uiteindelijk met de naam Charlien. Toen wist ik het: Charlie. Eigenlijk is Charlie een jongensnaam, maar ik vind het een naam voor een schattig, stout, klein hondje.

Maandag 27 augustus

Toen ik vanochtend wakker werd, voelde ik me wel een beetje verdrietig omdat de vakantie nu echt voorbij was. Elke dag naar school. Mijn vriendinnen op school zijn natuurlijk hartstikke cool, maar leren is niet bepaald mijn hobby.

'In groep 8 komt het erop aan,' zei meester Joep van groep 7 vlak voor de zomervakantie, 'want dan krijgen jullie de Cito-toets en die bepaalt voor een groot deel waar jullie na groep 8 naartoe gaan. Hard werken dus!'

Ik vind het nooit heel leuk om op te staan, maar nu wel, want beneden wachtte Charlie op me. Ze sprong tegen de tralies van de bench omhoog toen ze me zag. Volgens mij kent ze me al.

Mama vertelde dat ze een paar keer bij Charlie was gaan kijken, omdat ze zo piepte. Ze miste haar moeder en haar broertjes en zusjes natuurlijk. Ik zei dat ze veel beter bij mij op de kamer kon, dan was ze niet zo alleen, maar mama zei dat Charlie moest leren om af en toe alleen te zijn.

Ik ging met haar in de tuin. Van mama moest ik een plastic zakje meenemen om de drolletjes op te ruimen. Ze deed me voor hoe je dat moest doen. Hand in het zakje, drol oppakken en zakje binnenste buiten keren. Wel handig, maar ook behoorlijk ranzig.

Charlie deed meteen een plasje. Ze zakte door haar achterpootjes, zo lief. Gelukkig poepte ze niet. Dat bewaart ze voor oma, denk ik.

Papa en mama zeiden gisteravond dat het vooral door oma komt dat ik nu een hond heb.

Oma had namelijk gezegd dat ze wat meer beweging wilde en dan is een hond erg handig, want die moet elke dag uit, of je nu wilt of niet.

Toen we weer binnen waren, zat iedereen aan tafel. Ik moest van mijn moeder ontbijten terwijl ik helemaal geen honger had. Dat heb ik altijd als er iets spannends is en ik vond het best spannend om na zes weken weer naar school te gaan.

Zegt mijn moeder: 'Een auto rijdt toch ook niet zonder benzine?'

Ja duh, dat weet ik ook. Maar ik loop prima zonder ontbijt.

Zegt ze ook nog: 'Groep 8 wordt een zwaar jaar met de Cito en zo.'

De Cito en zo! Ik kreeg acuut pijn in mijn buik.

'Maak dat kind nou niet zenuwachtig,' zei oma lief. 'Ze gaat het prima doen, dit schooljaar.'

'Nou ja,' zei mijn moeder, 'je hersenen werken gewoon beter als je goed eet.'

Mijn moeder heeft er verstand van, want ze is patholoog-anatoom. Niet dat lijken eten natuurlijk, maar mijn moeder heeft eerst medicijnen gestudeerd en daar heeft ze al die dingen geleerd, volgens mij.

De moeder van Sharon heeft niet gestudeerd en ze weet van al die dingen niets af. Sharon ontbijt nooit, die drinkt 's ochtends alleen een glas cola.

Volgens mijn moeder schijnen vooral groente en fruit errug gezond te zijn. Jammer alleen dat ik daar niet zo dol op ben.

Om van het gezeur af te zijn, ontbeet ik dus met een bruine boterham, een glas melk en een gezonde fruitsalade van kiwi, appel en meloen.

Toen ik naar school wilde gaan, schrok ik me wild want mijn moeder wilde mee! Ze had er speciaal een ochtend vrij voor genomen.

'De laatste keer de eerste dag van een nieuw schooljaar op de basisschool,' zei ze treurig.

Ze was er niet vanaf te brengen, dus fietste ik met mijn moeder naar school. Om je helemaal dood te schamen. Ik had twee grote tassen met zakjes chips aan het stuur hangen om in de klas te trakteren.

Bij school ontmoette mama gelukkig de moeder van Mirte, mijn vriendin. Mirte baalde ook als een gek, dat zag ik aan haar gezicht.

Onze moeders hadden bijna tranen in hun ogen. Hun dochters voor het laatste jaar naar de basisschool.

Mirte en ik smeerden 'm naar ons nieuwe lokaal. We krijgen dit jaar juf Marian, de leukste juf van de hele school. Ze is heel sportief, ze heeft de zwarte band met karate en ze is ook heel muzikaal, want ze zingt in het bandje waarvan haar vriend de drummer is.

Nigel en zijn beste vriend, Thijs, waren er ook al. Nigel lachte naar me en toen kneep Mirte in mijn arm. 'Zie je nou wel, dat hij jou nog steeds leuk vindt,' fluisterde ze in mijn oor. 'Hij gaat het vast aan maken.'

'Hoop het,' fluisterde ik terug.

Ik hoop het echt heel erg. Nigel is zó leuk!

Even later kwamen ook onze moeders het lokaal binnen. Ze schudden juf Marian de hand en vroegen of ze een leuke vakantie had gehad. Volgens mij vond juf Marian het ook gek, die moeders in haar lokaal, want ze gaf Mirte en mij een knipoog.

Toen de bel was gegaan, moesten we in de kring gaan zitten om over onze vakantie te vertellen. Mijn vakantie was best wel saai. We zaten met z'n drieën in een hotel en daar waren verder geen kinderen. Dus ik vertelde niet zoveel, alleen dat ik 's ochtends een cursus paardrijden had gedaan. Dat was leuk, maar het maakte de middagen niet minder saai.

Ik vertelde ook over Charlie en liet de foto's op mijn mobiel zien. Iedereen vond het een vet schattig hondje.

'Kun je haar niet een keer meenemen?' vroeg juf.

Als het van papa en mama mag, doe ik dat een keer.

Toen iedereen wat verteld had, vertelde juf over haar vakantie. Ze had iets heel bijzonders gedaan: gezwommen met dolfijnen. Ik zag het helemaal voor me. Dat wilde ik ook.

Iedereen wilde er alles over weten. Maar op een gegeven moment stopte juf met vertellen. 'We moeten aan het werk,' zei ze. 'Weten jullie dat we maar zes maanden hebben tot de C-I-T-O-T-O-E-T-S?'

Ik kreeg meteen de bibbers door de manier waarop ze het zei. Een beetje dreigend bijna. Maar misschien verbeeldde ik me dat wel, want ze zei erbij dat we ons echt geen zorgen hoefden te maken. Dat zij en meester Joep, dat was onze meester in groep 7, samen een advies geven voor de middelbare school en dat dat advies het belangrijkste is.

'Maar meester Joep zei juist dat de Cito-toets heel belangrijk is,' zei ik.

Juf Marian lachte geruststellend. 'Je kent meester Joep toch. Die maakt jullie graag een beetje bang. Maar geloof mij nou maar, als je gewoon je best doet is er niets aan de hand.'

Ze deelde ons in groepjes in en ik kwam bij mijn beste vriendin Sharon. Dat was helemaal goed. Sharon en ik zijn vriendinnen sinds de eerste dag in groep 1. Sharon is altijd vrolijk, behalve een dag per half jaar als haar moeder weer een nieuwe vriend heeft, dan is Sharon een dag uit haar humeur. Ze moppert dan dat ze net aan die oude gewend was en dat die nieuwe haar niks lijkt. Maar tot nu toe, valt het elke keer weer mee.

Verder zaten Tom en Steven in ons groepje en die zijn gewoon aardig.

Om tien uur mocht ik trakteren en de klassen rond. Ik koos Sharon en Mirte om met me mee te gaan. Cilla keek heel zielig. Die had natuurlijk gedacht dat ik haar zou vragen omdat ik dat vorig jaar ook had gedaan. Ze wordt bijna nooit gevraagd en daarom had ik haar toen een keer gevraagd. Vanaf die tijd probeert ze steeds vriendinnen met mij te worden. Ik vond het wel een beetje zielig voor Cilla, dus misschien moet ik haar dan maar uitnodigen voor mijn feestje.

Na de pauze werd het dodelijk saai. We moesten rekenen en juf riep ons om de beurt naar de gang om de resultaten van de entreetoets, die we aan het eind van groep 7 hadden gehad, te bespreken.

Toen ik aan de beurt was, was ik superzenuwachtig. Ik was heel bang dat ik mijn rekenen verprutst had. Dat was dus ook zo. Ik had meer dan de helft van de sommen fout gedaan. Taal echter was steengoed. Een foutje maar!

Maar nu moet ik dus bijgewerkt worden voor rekenen, samen met Boris, een van de stomste jongens van de klas. Baluh!

Zonderdag 30 augustus

Vanochtend kwam Boris naar me toe of ik wel met hem wilde samenwerken bij rekenen. Hij had van juf gehoord dat wij samen een apart programma zouden krijgen.

Dacht het niet dus. Maar hoe zeg je zoiets een beetje aardig?

Boris is stom, maar ook zielig. Hij heeft iets, waarvan ik de naam niet meer weet. Boris' moeder is een keer in de klas geweest om daarover te vertellen. Het betekent dat Boris het moeilijk vindt om contact te maken of zo. En als iemand hem aanraakt, kan hij daardoor helemaal flippen. Ook snapt hij grapjes vaak niet. Dus als wij in een deuk liggen, zit hij er met een ernstig gezicht bij. Niemand wil Boris graag in zijn groepje hebben.

'Ik wil erover denken,' zei ik.

Bij ieder ander zou dat een belachelijk antwoord geweest zijn, maar bij Boris niet. Die knikte en zei dat hij zich dat kon voorstellen.

In elk geval moesten Boris en ik wel samen naar de remedial teacher, terwijl de anderen gingen rekenen met het groep 8 programma. Ik weet niet wie slechter was, Boris of ik. We konden allebei geen enkele vraag van de remedial teacher beantwoorden en die deed echt zijn best om het duidelijk uit te leggen.

Eindelijk snapten we dan toch iets en we kregen sommen op die we in de klas moesten maken.

Toen we ons lokaal binnenkwamen, begon Driekus te fluiten. 'Wat deden jullie zolang met z'n tweeën,' vroeg hij.

De rest van de klas begon ook te roepen en te fluiten, maar juf Marian zei dat ze moesten ophouden met die flauwekul. 'Doorwerken,' zei ze tegen de klas.

Tegen Boris en mij zei ze dat we samen aan onze rekentaak moesten werken. Hoe verzint ze het? Ik had er helemaal geen zin in, maar wat moest ik? Dus zaten Boris en ik samen aan een tafeltje te rekenen. Eigenlijk ging het best redelijk, want Boris is goed in táfels en hoofdrekenen en ik niet, maar ik wist hoe je een som aan moest pakken en dat wist Boris weer niet. Dus eigenlijk vulden we elkaar mooi aan.

Toen we 's middags gymnastiek hadden gehad en ons moesten aankleden, gebeurde er iets heel stoms en verve- lends. Een aantal jongens had Boris in zijn onderbroek in onze kleedkamer geduwd en ze hielden de deur achter hem dicht.

'Laat Fleur je blote bast maar zien,' schreeuwden ze door de dichte deur heen. Er steeg een luid gejuich onder de jongens op.

Boris wist niet wat hij moest doen, dus deed hij helemaal niets. Hij stond met zijn rug tegen de deur en zijn handen bungelden zielig langs zijn benen.

Eerst stonden de meiden een beetje dommig te kijken, maar toen begonnen de vier make-updozen aanstellerig te gillen. Het zijn ook zulke domme tutten.

'Een gluurder,' riep Natasja.

'Hij heeft een deuk in zijn borst,' constateerde Mandy.

'Een kippenborst.' Valerie liep naar hem toe en drukte haar wijsvinger in de kuil van zijn borst.

'Niet doen,' Boris schudde zijn hoofd.

'Tuurlijk niet.' Valerie drukte harder. 'Wat moet dit vieze ventje hier in de kleedkamer bij de meiden? Blote tietjes kijken? Vind je wel leuk, hè?'

Boris schudde verwoed van nee en hipte van zijn ene voet op zijn andere.

'Houd op!' Sharon kwam aan de ene kant van Valerie staan en ik aan de andere.

'Kom je op voor je liefje?' vroeg Valerie aan mij.

'Houd je kop!' Sharon gaf Valerie een duw.

Toen gaf Valerie Sharon een duw terug.

'Stop it!' Bente en Mirte trokken Sharon weg terwijl Natasja en Mandy Valerie vastgrepen.

Gelukkig vonden de meeste meiden het zielig voor Boris, dus ze lachten niet en ze pestten hem ook niet. Ze zeiden dat hij zich maar niets van Valerie aan moest trekken en zo.

'Draai je maar even om,' zei Bente en toen stond die arme Boris met zijn neus tegen de deur aangedrukt. Hij hipte nog steeds zenuwachtig van zijn ene voet op zijn andere. Aan de andere kant van de deur ging het lawaai van de jongens gewoon door.

Juf Marian kwam op het lawaai af en ze was razend, witheet van woede. Ze rukte onze deur open en trok die arme Boris aan zijn arm naar buiten. Ze was blijkbaar helemaal vergeten dat je Boris niet onverwachts aan moet raken. 'Geen stijl!' hoorden we haar schreeuwen. 'Hier zullen jullie meer van horen!'

Op de terugweg liepen de jongens zo stil als muizen mee terug.

Woensdag 5 september

Vandaag was ik vrij, want we hadden een margedag. Mijn moeder vond het helemaal belachelijk.

'Zo vlak na de vakantie, hoe verzinnen ze het?' mopperde ze.

Maar ik vond het juist heel goed. Zo kun je tenminste rustig weer wennen aan school.

Ik had gedacht dat oma Charlie wel even in de tuin zou laten plassen, maar dat was niet zo.

Ik lag nog heerlijk te slapen, toen mijn oma opeens naast mijn bed stond. 'Fleur, wakker worden! Charlie piept.'

'Waarom?' vroeg ik met mijn hoofd onder de dekens.

'Wat denk je?' vroeg oma. 'Omdat ze moet plassen, schat. Dáárom! Kom, we gaan even fijn met haar naar het bos.'

'Kun jij niet alleen gaan?' vroeg ik. 'Ik lig nog zo lekker.'

'Zeg, van wie is die hond eigenlijk?' Oma trok het dekbed van me af.

Dus liep ik op mijn vrije dag al om halfnegen met oma en Charlie in het bos. Ik baalde wel een beetje, maar ik moest ook lachen om Charlie, die voortdurend in de veters van oma's schoenen hapte.

Daarna ging ik op de fiets alle vriendinnen langs, om een uitnodiging in de bus te stoppen. Het is bij ons op school namelijk verboden (nou ja, min of meer) om de uitnodigingen in de klas uit te delen. Zo sneu voor de kinderen die niet gevraagd worden, vinden de juffen en meesters. Daar hebben ze ook eigenlijk wel een beetje gelijk in, want sommige kinderen worden bijna nooit gevraagd, zoals Cilla bijvoorbeeld.

Ik had nog met Sharon en de anderen overlegd over Cilla en toen hadden we besloten dat ik Cilla toch maar zou uitnodigen.

Weet je, ik ga een lijst maken van alle kinderen uit mijn

klas. Dat is handig voor later, want dan kan ik ze niet vergeten.
Ik begin met mijn vriendinnen.

♡   Sharon is mijn beste vriendin. Haar ouders zijn al
     vier jaar gescheiden en haar moeder heeft elk half
     jaar een nieuwe vriend. Stapel wordt Sharon daar-
     van.
♡   Mirte is mijn tweede beste vriendin. Mirte kun
     je elk geheim toevertrouwen.
♡   Tess is ook een vriendin van mij, maar ook van
     Sharon. Tess woont alleen met haar vader en haar
     broertje, omdat haar moeder is overleden toen we in
     groep 5 zaten.
♡   Bente is ook nog een vriendin. Bente en ik lijken wel
     een beetje op elkaar. We hebben allebei heel snel
     medelijden met alles en iedereen. Bente probeert
     net als ik ook een beetje op te trekken met Cilla.
♡   Yasmine is een beetje mijn vriendin, maar meer de
     vriendin van Bente. Yasmine is een Turks meisje en
     ze heeft vet strenge ouders.

Dat waren mijn vriendinnen in de klas. Op turnen heb ik
ook nog twee heel goede vriendinnen, Britt en Nicky, maar
die horen natuurlijk niet bij de klas.
De andere meiden:

⭑   Cilla heeft geen vriendinnen en valt er een beetje
     buiten. Ik weet niet waardoor dat komt. Misschien
     omdat ze altijd zo snel huilt. Ze wil heel graag bij

ons groepje horen en soms vinden we dat wel goed,
maar soms ook niet.

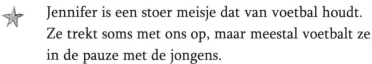

Jennifer is een stoer meisje dat van voetbal houdt.
Ze trekt soms met ons op, maar meestal voetbalt ze
in de pauze met de jongens.

Robin is Jennifers vriendin. Ook stoer en dol op
voetbal. Robin kan erg goed leren. Ze is hoogbegaafd
en heeft alle verrijkingsstof van groep 8 al doorgewerkt.

En dan nog de vier make-updozen:

Valerie is de aanvoerster; haar ouders zijn stinkend
rijk en wonen in een loei van een huis met een groot
zwembad in de tuin. Haar moeder is vroeger een
soort topmodel geweest en haar vader is een van de
trainers van een landelijke voetbalclub.
Haar ouders zijn best aardig, maar Valerie is een verwend mormel en bovendien een vals kreng.

Desirée, Mandy en Natasja zijn Valeries vriendinnen. De vier tutten hebben allemaal een dikke laag
make-up op en elke ochtend, als ze elkaar zien,
omhelzen ze elkaar. Bèèèèh, kleffe kippen.

= de make-up dozen "=

De meiden die op mijn feestje komen, zijn: Sharon, Tess, Mirte, Bente en Yasmine en Cilla dus. Het was nog wel even spannend of Yasmine wel mocht, maar mijn moeder heeft de ouders van Yasmine gebeld en hen verzekerd dat we gewoon thuis zouden blijven. Want daar zijn Yasmines ouders altijd bang voor, dat Yasmine stiekem uit zal gaan.

En dan de jongens. Sharon en ik hebben de jongens uit onze klas in groepjes verdeeld. De populaire groep met daarin:

- Nigel is de populairste jongen van onze klas. Hij heeft donker haar, donkerbruine ogen en een zacht bruine huid. Hij komt oorspronkelijk uit Egypte. Hij kan heel goed toneelspelen en hij maakt leuke grappen. Hij is echt cool.
- Thijs is Nigels vriend. Hij is ook grappig en aardig, maar wel wat minder popi dan Nigel.
- Tom is een rustige jongen. Hij is aardig en komt vaak bij de fopwinkel.
- Steven is Toms vriend. Ook aardig en ook dol op gekke grappen.

De gewone groep met daarin:

- Stuart komt uit Curaçao en woont hier met zijn moeder en zeven broertjes en zusjes. Hij is een gewone jongen. Niet stom, niet echt aardig.
- Arnout is ook zo'n gewoon, gewone jongen.
- Vincent ook.

Machmed ook.

De nerd-groep met daarin:

 David. Net als Robin heeft hij alle verrijkingsstof van groep 8 al doorgewerkt. Hij moet nu steeds werkstukken maken, samen met Robin. Hij is heel muzikaal en speelt viool.

 Sybrand is ook zo'n nerd en bevriend met David. Sybrand heeft een keer meegedaan met een quiz op televisie over de Tweede Wereldoorlog en hij won, terwijl de andere deelnemers volwassenen waren.

De pestgroep met daarin:

 Driekus is in het begin van groep 7 in onze klas gekomen. Zijn vaders bedrijf ging failliet en zijn moeder liep weg. Toen is Driekus met zijn vader hier komen wonen. Driekus' vader is depressief. Heel zielig allemaal, maar daarom hoeft Driekus nog niet altijd zo te klieren. Het is een echte rotjongen. Hij pakt altijd de kinderen die niets durven. Cilla bijvoorbeeld of Boris.

 Onno is een vriend van Driekus en een echt meelopertje.

 Roel is ook een vriend van Driekus en ook een echte meeloper.

De ziekenboeg met daarin:

 Dennis is de drukste jongen van de klas. Hij heeft ADHD en moet elke morgen om elf uur een pilletje nemen. Iedereen weet het meteen als hij dat een keer vergeet, want dan stuitert hij door de klas en houdt iedereen van zijn werk. Hij sluit zich soms aan bij Driekus' groepje.

Boris kan niet zo goed met andere kinderen omgaan. Driekus, Onno en Roel halen flauwe grappen met hem uit.

Ik heb dus een klas met 28 kinderen. We zijn geloof ik wel een beetje een lastige klas, want er is best vaak gedoe met de make-updozen en de pestgroep. Als die er niet zouden zijn, zouden we een hartstikke leuke klas hebben.

's Middags moest ik turnen. Oma bracht me met de auto en Charlie mocht mee in de bench. Mijn ouders willen dat ze aan autorijden went. Papa heeft gezegd dat het een makkelijk en goed opgevoed hondje moet worden.
De meiden van turnen vonden Charlie vet schattig. Ze wilden haar allemaal aaien en optillen. Charlie vond al die aandacht helemaal leuk. Op een gegeven moment rende ze de turnzaal in en ging zitten poepen op de tumblingbaan. Gelukkig had oma een plastic zakje bij zich en dat duwde ze in mijn hand.
'Van wie is Charlie,' vroeg ze, want ze zag blijkbaar aan mijn gezicht dat ik wilde protesteren.
Jammer dat zoiets liefs en knuffeligs zulke vieze drolletjes draait.
Verder heb ik de hele middag samen met Britt en Nicky getraind. Het ging goed. Ik maakte al bijna geen fouten

meer in de verplichte oefenstof van het nieuwe seizoen.
Lisa zei dat ik goed in vorm was en steeds beter werd.

Toen ik na het avondeten op de computer wilde, zei mama
dat ik moest rekenen. 'Echt niet!' riep ik.
Maar het moest echt wel.
Toen mama vorige week hoorde dat ik mijn entreetoets
voor rekenen zo slecht had gedaan, heeft ze meteen via
internet drie (!) reken-cd's besteld. Die waren dus gisteren
aangekomen. Mama was helemaal blij dat ze er zo snel
waren.
'Deze maanden komt het erop aan,' zei ze. 'Als je tot de
Cito-toets in februari elke dag een half uurtje rekent, dan
gaat het straks vast goed.'
Dat was ik wel met haar eens, alleen niet nu, net nu ik even
lekker wilde msn'en.
'Toe Fleur, stel je niet zo aan,' zei mama.
Papa bemoeide zich er ook mee.
'Het kind heeft vanmiddag al zo hard gewerkt,' zei hij.
'Hallo!' Mama gaf papa een stomp in zijn buik. (Voor de LOL
natuurlijk hè!) 'Weet je nog dat we, voordat Fleur was geboren, hebben afgesproken dat we altijd één lijn zouden trekken?'
Die stomme lijn ook altijd. Soms wilde ik wel dat mijn
ouders tien kinderen hadden, dan hadden we dit gezeur
vast en zeker veel minder.
'Jij wilt toch ook dat haar rekenen op niveau wordt
gebracht?' vroeg mama.
Papa knikte. 'Ga dan nog maar gauw even rekenen. Zal ik je
helpen?'

'Alsjeblieft niet,' zei ik.

Als papa helpt met rekenen zijn we zo twee uur verder. Hij wil alles namelijk heel precies en vooral ook uitgebreid uitleggen. Hij haalt er allerlei dingen bij die er niets mee te maken hebben, althans in mijn ogen. In papa's ogen hebben ze er alles mee te maken en is het heel belangrijk dat ik die dingen heel precies weet. Zucht.

Toen ik eenmaal bezig was, schoot ik niet erg hard op, want ik klikte steeds stiekem msn ervoor. Bijna mijn hele klas was online, dus dat was wel leuk, veel leuker dan dat stomme rekenen.

Vrijdag 7 september

Grote gore griebels! Boris heeft me verkering gevraagd, toen we samen zaten te rekenen. Ik legde hem net uit hoe de verhoudingstabel werkte. Dat wist ik, omdat de remedial teacher die de vorige dag had behandeld. Boris zat me met van die grote ogen aan te staren.

'Snap je het nou?' informeerde ik een beetje ongeduldig.

'Wil je met me?' vroeg hij plompverloren.

'Ben jij gek?' riep ik meteen. 'Al was je de laatste jongen op aarde, dan nog nam ik geen verkering met jou!' Het flapte er zomaar spontaan uit.

Toen begon Boris te huilen. Echt keihard door het klaslokaal heen. Het was meteen doodstil. Ik schaamde me helemaal kapot.

Juf Marian kwam direct naar ons toe. 'Wat is hier aan de hand?' wilde ze weten.

Boris kon eerst bijna niet praten van de snikken die door zijn hele lijf schokten.

'Fleur?' Juf keek vragend naar mij.

Ik wist niet wat ik zeggen moest.

'Ik vind haar zo aardig,' blèrde Boris toen. 'Ze kan zo goed uitleggen en, en, ik heb haar gevraagd, maar ze wil niet.'

'Wat gevraagd?' Juf Marian keek verbaasd.

Ik wilde dat ik met stoel en al door de grond kon zakken.

In de klas werd onderdrukt gegiecheld.

Ik keek woedend rond, maar dat hielp niet veel.

'Hij is op haar,' legde Steven uit.

Juf Marian nam Boris mee naar de gang.

Sharon kwam meteen naar me toe. 'Daar ben je mooi klaar mee.'

'Ik doe het niet,' zei ik.

'Nee, natuurlijk niet.' Sharon schudde haar hoofd. 'Je zou wel mooi gek zijn.'

'Echt niet?' vroeg Valerie met een gemeen lachje. 'Je weet toch dat we aardig moeten zijn tegen Boris?' Desirée, Mandy en Natasja vielen haar bij.

'Neem jij dan verkering met hem,' snauwde ik.

'Hoezo ik?' vroeg Valerie met een uithaal. 'Zal je lekker bedanken. Ik wil Nigel.'

De vier tutten begonnen te ginnegappen.

Ik keek naar Nigel, maar die zei niets. Hij zou toch niet ook... Ik wilde er niet aan denken dat Nigel verliefd kon zijn op zo'n tut.

Toen juf Marian weer binnenkwam, keek ze ernstig. Het werd meteen stil.

'Ik begrijp van Boris dat een aantal jongens heeft
gezegd dat Fleur hem leuk vindt en dat hij haar
maar moest vragen. Hoe kunnen jullie dat nou
doen? Jullie weten toch wat er met Boris aan de
hand is? Dit is nu al het tweede incident in twee
weken tijd.' Ze keek de pestkoppengroep strak
aan.

Ik voelde me erg opgelaten.

'Driekus, Onno, Roel en Dennis, jullie hebben hem aange-
moedigd, begrijp ik?' Juf Marian keek nog steeds heel
streng.

'Wie zegt dat?' kwam Driekus brutaal.

'Doet er niet toe. Ja of nee?'

'Een beetje misschien. We zeiden alleen…'

'Dat vertel je me maandagmiddag na schooltijd maar,' kapte
juf Marian hem af.

'Eerst dat akkefietje vorige week met gym en nu weer dit.
Het wordt tijd voor een goed gesprek, heren. Jullie hebben
het hele weekend om na te denken en we zullen hier maandagmiddag na schooltijd uitgebreid over praten. Zeg maar
tegen jullie ouders dat jullie laat thuis zullen zijn.'

'Waar is Boris nu?' wilde Bente weten.

'Die zit op de gang te werken,' zei juf. 'Hij moet even weer
tot zichzelf komen. Jongens, ik zeg het jullie nogmaals, laat
Boris met rust. Boris vindt het nu eenmaal moeilijk om met
andere kinderen om te gaan en ik vind het heel, heel min,'
ze keek Driekus, Roel en Onno dreigend aan, 'dat jullie hem
gebruiken voor je misselijke spelletjes!'

'Ik vind het zielig voor hem.' Bente keek boos naar de jongens.

Ik voelde me ontzettend lullig. Ik had het ook nog erger gemaakt. Ik had natuurlijk nooit zo bot moeten reageren. Hoe had ik dat nu kunnen doen? Ik had gewoon moeten zeggen dat ik erover wilde nadenken. Dat begrijpt Boris tenminste.

Toen ik Boris na schooltijd op het plein zag lopen, voelde ik me nog schuldiger. Hij keek zo zielig en verloren. Op de fiets op weg naar huis moest ik huilen. De laatste jongen op aarde…wat gemeen!

Nog steeds vrijdag 7 september
Elf uur 's avonds

Ik zit in mijn bed te schrijven. Ik kan dus absoluut niet slapen. Ik zie steeds Boris' behuilde gezicht voor me. Ik voel me zóóóóó schuldig. Hoe kan ik dit ooit goedmaken? Morgen na de training ga ik naar hem toe om sorry te zeggen. Ik krijg bijna buikpijn van mijn eigen plan, maar ik vind het zóóóóó zielig. Morgen is mijn pyjamaparty en ik heb er geen spat zin in.

Zaterdag 8 september

Vanmorgen was ik al om zes uur wakker. Ik moest meteen weer aan Boris denken. Ik ging naar beneden en zette de computer aan. Misschien zou ik niet aan hem hoeven denken als ik ging rekenen. Dat moest toch elke dag gebeuren. Dus zat ik al om vijf minuten over zes te rekenen.

Toen pap om half acht de kamer binnenkwam, was hij stomverbaasd. 'Wat is dat nu?'

'Gewoon.' Ik rekende stug door.

'Heel gewoon,' zei papa. 'Wil je een lekker ontbijtje?'

'Zal wel moeten, hè?' Ik klikte op de uitleg omdat ik een som niet snapte. 'Een auto rijdt ook niet zonder benzine.'

Papa lachte. 'Mama heeft wel gelijk, hoor!'

'Jahaa, begin jij nu ook al?' snibde ik.

'Waarom ben je zo vroeg op?' wilde papa weten toen we aan het ontbijt zaten.

'Omdat ik niet meer kon slapen.'

'En waarom dan niet?' hield papa aan.

'Omdat ik vanavond een pyjamaparty heb,' verzon ik snel. 'Mama en ik maken straks de zolder in orde. Als je terugkomt van turnen is het helemaal klaar.'

'Ook de televisie en de dvd-speler?' informeerde ik.

'Die ook,' beloofde papa.

Bij de training vergat ik Boris even. Ik maakte lol met Britt en Nicky. Nou ja, een beetje dan, want Lisa, onze trainster, is vet streng. Die wil dat we echt serieus trainen.

Na de training, onder de douche, zat de gedachte aan Boris alweer in mijn hoofd. Lastig!

Toen ik om één uur weer thuis was, pakte ik meteen de riem. 'Ga Charlie uitlaten, hoor,' riep ik.

'Wil je niet zien hoe de zolder is geworden?' Mama stak haar hoofd om de hoek van de kamerdeur.

'Straks,' zei ik.

Eenmaal op straat kreeg ik helemaal de bibbers, maar ik deed net alsof ik niets voelde. Dat was best moeilijk, maar het lukte me een beetje door aan mijn pyjamaparty te denken. Of zal ik morgen gaan? probeerde ik te ontsnappen aan mijn eigen stomme plan. Als je dat doet, heb je een waardeloos feestje, hield ik mezelf voor. Totaal bedorven!

Dus liep ik maar gewoon door. Na tien minuten was ik bij het huis van Boris. Ik wilde er het liefst voorbijlopen, maar dat deed ik natuurlijk niet. Ik ging naar de voordeur en belde aan.

Boris zelf deed open. Hij keek stomverbaasd toen hij mij en Charlie zag. Hij zakte op zijn knieën om Charlie te aaien.

Charlie sprong, danste en hapte Boris in zijn oor.

'Sorry van gisteren,' piepte ik. 'Ik had niet zo bot moeten zijn.'

Boris zei niets en aaide gewoon door.

Wat moest ik nu zeggen?

'We, we, kunnen wel vrienden zijn. Een beetje dan,' zei ik er snel achteraan. Het moest ook weer niet te gek worden.

Nu keek Boris op. 'Rekenvrienden,' zei hij stralend. 'Rekenvrienden.'

Ik knikte. 'Best.'

'Hoe heet je hondje?' vroeg Boris.

'Charlie,' antwoordde ik.

Boris' moeder kwam kijken wie er aan de deur was.

'Wat een schatje,' zei ze en ze liet zich op haar hurken zakken. Charlie sprong zo enthousiast tegen haar op dat ze achterover viel. Boris schaterde het uit en ik keek hem verbaasd aan. Dit was de eerste keer dat ik Boris zo uitbundig hoorde lachen.

Het klonk een beetje raar, alsof hij achteruit lachte.

'Nou ja zeg, help je moeder eens overeind!' Ze stak haar hand uit naar Boris die haar overeind trok.

'Wil je even binnenkomen?' vroeg ze aan mij.

Dat wilde ik natuurlijk helemaal niet, maar Boris had Charlie al opgepakt en droeg haar het huis in. Nu moest ik er wel achteraan.

'Ze is mijn rekenvriendin,' zei Boris trots, toen ik op de bank zat. 'Mijn rekenvriendin.' Hij had Charlie op schoot die tevreden zat rond te kijken alsof ze Boris al haar hele leventje kende. Nou ja zeg, trouweloos mormel!

Boris' moeder lachte naar me. Die was natuurlijk dolgelukkig dat haar zoon eindelijk een vriendinnetje had, al was het dan een rekenvriendin. Ze wilde van alles weten over Charlie. Wat voor ras het was, waar ze vandaan kwam, hoeveel ze kostte. Het ras wist ik, maar de rest niet.

'Lief hè, Boor?' Ze glimlachte naar haar zoon, die hevig knikte. 'Mag ik haar houden, mam?'

Ik schoot van de bank omhoog. 'Helemaal niet!' riep ik uit. Ik had eigenlijk willen zeggen: Helemaal niet, gék! Gelukkig hield ik dat 'gek' nog net binnen. 'Charlie is van mij, hoor!'

'Natuurlijk,' suste Boris' moeder. 'Rustig nou maar.'

Een beetje benauwd liet ik mij weer op de bank zakken en zag hoe Boris mijn Charlie nog wat steviger tegen zich aandrukte.

En in plaats van dat die stomme hond zich los wurmde door met haar poten te spartelen, zoals ze bij mij altijd doet, als ik haar knuffel, bleef ze zoet zitten.

Toen vroeg Boris' moeder ons telefoonnummer, want ze wilde graag weten waar we Boris vandaan hadden en zo.

'Misschien krijgt Boris ook wel een hondje,' zei ze. 'Hij reageert zo leuk op jouw Charlie.'

Weet je wat Boris zei, toen hij dat hoorde?

'O Fleur,' zei hij, 'dan kunnen we samen gaan lopen met onze hondjes. Zijn we niet alleen rekenvrienden, maar ook hondjesvrienden.'

Jek, hondjesvrienden! Dacht het dus niet!

Zondag 9 september

Vandaag weer getraind. Kon wel merken dat ik afgelopen nacht bijna niet geslapen had vanwege mijn feestje, want ik was echt moe. Lisa was een beetje boos.

'Dit kan dus niet, Fleur,' zei ze. 'Als je op de training komt, verwacht ik optimale inzet.'

Ik vind het wel een beetje overdreven van Lisa. Een feestje af en toe moet toch kunnen?

In elk geval, het was echt een vet gaaf feest.

Ik had een nieuwe pyjama mogen uitzoeken en tot mijn afschuw had Cilla, die als eerste werd gebracht, dezelfde. Ik

liet natuurlijk niets merken, maar ik baalde als een stekker. Cilla heeft namelijk niet zoveel smaak en nou ja, ik vond het gewoon niet leuk.

Cilla's moeder wel. Die straalde helemaal, toen ze mij in mijn pyjama zag. 'Zie je nou, Cil!' En ze gaf haar dochter een duwtje tegen haar schouder. 'Jij vond deze pyjama niet mooi, maar nu heeft je vriendin Fleur hem ook.'

Je vriendin Fleur, dát zei ze. Ik had op

slag spijt van mijn uitnodiging aan Cilla.

Toen kwam Sharon in, geloof het of niet, precies dezelfde pyjama als die van Cilla en mij. Dat troostte me weer, want Sharon heeft juist heel veel smaak.

Sharon begon te giechelen, toen ze Cilla en mij in onze pyjama's zag. 'Ook bij de H&M geweest?' lachte ze.

Sharon heeft altijd zoveel zelfvertrouwen. Die durft zich zelfs in een Zeemannetje te vertonen. Niet dat ze dat ooit doet trouwens.

Toen iedereen binnen was, gingen we met z'n zevenen gourmetten. Heel lang en heel gezellig. Daarna vertrokken we naar de zolder. Papa en mama hadden echt hun best gedaan, want het zag er heel gezellig uit. Ze hadden feestverlichting opgehangen en een krat met snoep en chips neergezet. En genoeg te drinken natuurlijk. Zeven matrassen lagen naast elkaar op de grond. Iedereen had een eigen slaapzak en kussen bij zich. We kozen allemaal een matras, ik natuurlijk tussen Sharon en Mirte in.

We speelden eerst het spel *Doen, durven of waarheid*. Ik koos *waarheid* en moest zeggen op wie ik verliefd was. Een makkie. Nigel dus. Bente was op Steven en Mirte op niemand. Sharon was op Thijs. Tess was op Tom. Yasmine wilde het eerst niet zeggen, want ze mag niet verliefd zijn van haar ouders. Pas toen we wel honderd keer hadden gezworen het tegen niemand te zeggen, zei ze dat ze op David was.

'David?' riepen wij allemaal verbaasd uit. 'Hoe kom je nou bij David?'

'Gewoon,' zei Yasmine. 'Ik houd van

vioolmuziek. Maar je zegt het tegen niemand hoor,' voegde ze er snel aan toe. 'Als Ekber het hoort, dan weten mijn ouders het ook en die vermoorden me.' Ekber is haar broertje in groep 6.

Toen moest Cilla het zeggen, maar die durfde het niet, maar ze moest, want dat is de regel. Ze werd knalrood, toen ze 'Vincent' fluisterde.

Wij zeiden enthousiast dat we dat mooi vonden passen en dat we het wel voor haar zouden regelen.

'Dat wil ik niet,' sputterde Cilla tegen. 'Echt niet.'

Daarna ging het een beetje mis. Cilla koos op een gegeven moment voor *doen* en Sharon bedacht, heel gemeen, dat ze Boris om verkering moest vragen. Cilla sputterde natuurlijk hevig tegen en ik zat er ook wel een beetje mee na dat gedoe van gisteren. 'Ze kan beter Vincent vragen,' stelde ik voor, maar daar wilde Sharon niks van weten.

Ook de andere meiden zeiden dat ze het moest doen. Zo was de regel van het spel nu eenmaal. Sharon zei dat we haar voortaan zouden negeren, als ze die regel overtrad.

Toen begon Cilla te huilen en zei dat ze naar huis wilde. Dat vonden Mirte en ik weer heel zielig.

'Het hoeft niet meteen,' troostte Mirte. 'Als je het maar voor de herfstvakantie gevraagd hebt en waarschijnlijk wil hij toch niet, want hij is al op Fleur.'

Ik pakte mijn kussen en smeet dat naar Mirtes hoofd. 'Daar hoef je me niet aan te herinneren, tut!' riep ik.

Mirte greep haar kussen en liet dat met kracht op mijn hoofd neerkomen. Dat was het teken voor de anderen om ook met hun kussens te gaan gooien. Alleen Cilla zat er betraand bij.

Toen we buiten adem waren, koos ik een dvd uit. Een heel romantische over een gewoon meisje dat heel erg lijkt op een beroemd model en dan voor een paar dagen met haar ruilt. Natuurlijk snoepten en dronken we ons misselijk. Dat laatste was iets minder leuk, want Yasmine en Cilla moesten overgeven waardoor de anderen nog misselijker werden. Ik maakte mijn moeder wakker en die had een tabletje voor ons, waardoor de ergste misselijkheid wegging.

'Als we nu maar geen lijk worden,' giechelde Sharon tegen mijn moeder, toen we het tabletje met een slok water doorslikten.

Mijn moeder kon het grapje midden in de nacht niet zo waarderen, maar wij wel, behalve Yasmine en Cilla, want die voelden zich echt doodziek. De rest schaterde het uit.

Mirte, Sharon, Bente, Tess en ik kletsten nog een poosje en we zijn om drie uur gaan slapen.

Gelukkig was niemand meer misselijk vanochtend, toen we wakker werden.

'Hiep, hiep hoera, voor de pilletjes van Fleurs moeder.' Sharon stak haar beide armen omhoog. 'En we leven nog.'

Oma bracht ons een heerlijk ontbijtje op bed en ze had Charlie meegenomen. Die werd helemaal dol van al die matrassen op de grond. Ze sprong van de een naar de ander en blafte, gromde en hapte als een gek. Op een gegeven moment kroop ze bij mij in de slaapzak en wilde er niet meer uit. Vet schattig.

Zondag 16 september

Er is groot nieuws en iedereen bij mij thuis is van slag. Ik ga misschien na volgende zomer trainen bij een andere club waar je op een hoger niveau kunt turnen.

Er is dit weekend iemand geweest om bij de trainingen te kijken. Lisa had dat gevraagd omdat Britt en ik al zo snel de verplichte oefenstof van dit jaar beheersten. Die meneer vindt dat ik veel talent heb. Hij denkt dat ik veel meer kan, dan ik nu laat zien, mits ik dit jaar meer ga trainen (minimaal 18 uur) en dan volgend jaar dus bij die andere club. Ook Britt maakt een goede kans en Nicky een klein kansje. Als het allemaal doorgaat, zou dat betekenen dat ik in een gastgezin moet gaan wonen. Natuurlijk moet ik dan ook naar een middelbare school in die plaats. Kom ik helemaal alleen in een nieuwe klas op een nieuwe school. Dat is dus niet zo leuk.

Meer trainen wil ik wel, maar papa en mama zijn niet zo enthousiast.

'En je rekenen dan?' vroeg mama.

'Ja duh, daar heb ik dan natuurlijk geen tijd meer voor,' zei ik.

Dat vond mama geen goed antwoord, dat zag ik wel, maar ze zei niets.

Oma ziet het helemaal zitten. Ze gaat ook altijd met me mee naar wedstrijden en zo en ze is altijd heel enthousiast.

'Straks wordt onze Fleur nog kampioen van Nederland,' riep ze uit, toen ze het nieuws hoorde.

'Ja, en ze zit over twintig jaar misschien wel met een kapotte rug,' bitste mama.

'Of ze krijgt anorexia,' voegde papa eraan toe.

Mijn ouders zien het dus niet zo zitten.

Nog steeds zondag 16 september
half elf 's avonds

Mama is net bij me geweest en ze heeft een hele poos op de rand van mijn bed zitten praten. Ze vertelde dat zij en papa in eerste instantie nogal geschrokken waren en dat ze het afschuwelijk vinden als ik in een gastgezin ga wonen.

'Maar,' zei mama, 'het is jouw leven en als jij graag wilt, dan mag het.'

'Ik wil wel graag meer turnen, maar ik weet niet of ik wel hier weg wil,' zei ik. 'Ik kan Charlie niet missen.'

Mama moest lachen. 'En ons wel?'

'Ook niet zo goed, maar Charlie is zo lief.'

Toen zei mama dat ik in elk geval dit jaar meer zou kunnen gaan trainen en dan kan ik altijd later nog beslissen of ik naar die andere club ga.

'Maar ik moet in januari al een school kiezen,' zei ik.

'Dan gaan we hier kijken en daar,' loste mama het probleem op.

Ik ga dus dit jaar minimaal 18 uur trainen. Oma gaat morgen overleggen met mijn trainster en daarna met school, want ik moet waarschijnlijk twee keer een ochtend van acht tot tien trainen.

Vet!

Zaterdag 29 september

Druk dat ik het heb, niet te filmen. Ik train dus nu 20 uur in de week en ik vind het helemaal te gek.

Maandag- en woensdagochtend van half acht tot half tien en later in de middag nog van vier tot zeven. Dan train ik op donderdag en vrijdag ook van vier tot zeven en op zaterdag van negen tot een. En dan heb ik op zondag ook nog vaak mijn wedstrijden. Ik vind het super, super gaaf.

Onze turnvereniging heeft er een nieuwe trainster bij, Alma, en die is heel aardig, maar ook heel streng. Ze traint vooral de meisjes die nu naar de eerste divisie zijn gegaan en misschien volgend jaar in de talenten- of eredivisie kunnen komen, dus Britt, Nicky en mij en ook van de andere leeftijdscategorieën. Ze let echt op alles, zelfs op de stand van je kleine teen bij bepaalde oefeningen.

Mama heeft een bijlesleraar voor rekenen gevonden. Het is een student aan de PABO en hij komt twee keer per week drie kwartier met me oefenen, pfff: dinsdag van vier tot kwart voor vijf en donderdag van acht tot kwart voor negen. Ik houd bijna geen tijd meer voor mijzelf over want ik moet altijd uiterlijk om negen uur in bed liggen en dan dus ook echt liggen. Alleen op vrijdag mag ik een uurtje langer opblijven. Nou ja en op maandag mag ik meestal *Hollands next topmodel* uitkijken, als ik dan in de reclame mijn pyjama al aantrek en mijn tanden poets. Als je topprestaties wilt leveren, moet je voldoende slapen, zegt mama, en goed eten.

Ik ben trouwens als ik terugkom van turnen, vaak best heel moe.

Maandag 8 oktober

Vandaag ga ik een dag beschrijven zoals die heel vaak gaat. Vanmorgen liep om halfzeven de wekker af. Snel douchen en aankleden. Beneden had oma een ontbijtje voor me gemaakt. Om zeven uur ging ik met Charlie naar buiten. Toen ik terugkwam, kwamen papa en mama net naar beneden om te ontbijten. Ze zagen er een beetje chaggie uit, maar dat is altijd op maandagmorgen. Om kwart over zeven zat ik bij oma in de auto. Precies om half acht was ik in de turnzaal.

We begonnen met rekken en strekken. Dat is heel belangrijk, want als je je spieren niet opwarmt, heb je een grote kans op blessures. Daarna ging ik aan mijn vloeroefening werken. Vet gaaf. Er zitten veel flikflaks en salto's in en dat komt mooi uit want Alma vindt dat ik vooral ook goed ben in acrobatiek.

Natuurlijk deed ik ook de andere toestellen.

Om half tien haalde oma mij weer op en bracht me naar

school. Ik kwam precies in de pauze binnen, zodat ik nog even een broodje kon eten.

Na de pauze moesten we een verhaal schrijven. Dat vind ik het allerleukste onderdeel van taal. Ik bedacht een verhaal over een meisje dat op een nieuwe school komt en dan doet alsof ze een jongen is. Het gaat allemaal goed, totdat ze na de gymles moeten douchen. Daar stokte mijn verhaal, want ik kon geen goede oplossing bedenken. Je kunt moeilijk iemand laten douchen met zijn onderbroek aan of met een handdoekje om. Toch?

Om een uur had de klas gymles en moest ik in mijn dooie uppie zitten rekenen. Niks aan. Weet je dat ik Boris bijna miste? De bijlessen van de student helpen trouwens wel, want de meeste sommen kwamen uit.

Om drie uur stond oma alweer met de auto bij school te wachten. Thuis knuffelde ik Charlie bijna dood en toen hapte ze in mijn neus. Pijnlijk.

Mijn neus zag er belachelijk uit. Rood met vier knalrode putjes. Het bloedde zelfs een beetje, dus wilde oma het ontsmetten. Volgens haar is een hondenbeet best gevaarlijk.

'Ja, van een herder of zo,' zei ik, 'maar niet van zo'n schatje.'

'Onzin,' zei oma, 'een hond is een hond met veel vieze bacteriën in z'n bek.' En ze druppelde een heleboel jodium op mijn neus.

Oma had een lekker soepje met een paar warme broodjes. Om precies vier uur was ik weer in de sporthal voor mijn turntraining. Ik moest nu vooral werken aan mijn balkoefening. Balk is echt lastig. Het zou schelen als hij een paar centimeter breder zou zijn. In mijn nieuwe balkoefening zit twee keer een achterwaartse salto. Eigenlijk is het geen echte salto, want die doe je zonder handen, maar een flik-flak. De balk was stond op de laagste stand en er lagen matten overheen en dat was maar goed ook, want het lukte me maar niet om na de eerste flikflak met beide voeten weer op de balk terecht te komen. En over een poosje gaan de matten weg en moet de balk omhoog. Brrrr.

Om kwart over zeven zag ik papa binnenkomen. Papa vindt het altijd leuk om nog even te kijken. Mama en oma trouwens ook, hoewel ik van mama vaak zenuwachtig word, omdat die bang is dat ik val.

Om half acht was ik thuis. We gingen samen aan tafel, want we eten sowieso altijd laat, omdat mijn ouders eigenlijk nooit voor zeven uur thuis zijn. Oma kookt altijd voor ons en dan eten we met z'n vieren.

Om acht uur ging ik nog even rekenen, want morgen komt student Niels en die is erg streng als ik mijn huiswerk voor hem niet af heb.

Om half negen keek ik samen met mama en oma naar *Hollands next topmodel* en om half tien lag ik in bed.

Donderdag 11 oktober

Vanochtend kwam Boris helemaal opgewonden op school. 'Ik heb ook een hondje net als Fleur,' riep hij steeds maar. 'Ik heb ook een hondje. Het is een beagle en hij heet Casper. Het is een neefje van Charlie, het hondje van Fleur. Zijn naam moest ook met een C beginnen.'

Hij raakte er niet over uitgepraat en omdat Boris niet zo vaak iets te vertellen had, kwam bijna de hele klas om hem heen staan.

'Leuk voor je,' zei Valerie met een vuil lachje. 'Kunnen jij en Fleur gezellig saampjes de honden uitlaten.'

Desirée, Mandy en Natasja schaterden het uit.

'Ja,' knikte Boris stralend. 'Ja hè, Fleur?'

Ik wist niet wat ik moest zeggen. 'Misschien,' zei ik een beetje afwerend.

'Fleur en ik hebben afgesproken dat we hondjesvrienden worden,' zei Boris blij. 'Ja hè, Fleur? We zijn ook al reken-vriendjes!'

Nu barstte iedereen in lachen uit.

Ik was blij toen de bel ging en we naar binnen moesten. In de klas stak Boris meteen zijn vinger op. Hij wachtte niet eens af tot juf hem de beurt gaf, maar hij stak meteen van wal. Hij praatte maar door over zijn nieuwe hondje en op het laatst zei hij: 'En Cilla heeft me gevraagd.' Dat kwam er een beetje gek achteraan en iedereen was stomverbaasd. Als één man draaide de klas zich om naar Cilla. Die zat daar met knalrode wangen en knipperende ogen.

'Al een hele poos geleden,' zei Boris, 'maar ik moest er nog over nadenken.'

Om eerlijk te zijn was ik de hele opdracht aan Cilla verge-ten. Ja, de eerste week had ik Cilla er een keer naar gevraagd en die had toen gezegd dat ze het gedaan had en dat Boris erover moest denken.

Sharon dacht nog dat dat een smoes was en dat Cilla het helemaal niet gevraagd had, maar ik geloofde Cilla wel.

Daarna had ik door het hele gedoe van het extra turnen helemaal niet meer aan de verkering van Cilla gedacht.

'Ik wil wel hoor,' zei Boris trouwhartig tegen Cilla. 'Mijn moeder zegt, dat ik het maar een poosje moet doen, omdat het niet leuk is om afgewezen te worden, maar ik vind Fleur wel leuker.'

Iedereen in de klas begon luid te juichen en te stampen.

Ik zag dat Cilla een beetje hulpeloos rondkeek en eigenlijk voelde ik me schuldig, terwijl ik de opdracht niet eens bedacht had. Nou ja, het hoorde gewoon bij het spel *Doen, durven of waarheid* en de doe-opdrachten waren nooit gemakkelijk, anders was er niets aan. Cilla kon het trouwens zo meteen in de pauze alweer uitmaken. Sharon had bij de opdracht niet eens gezegd dat ze het een dag of zo moest aanhouden. Wel zielig voor Boris, dat wel.

Juf Marian maakte een eind aan het kabaal door mee te delen dat we een rekentoets kregen.

Boris en ik hoefden nog niet mee te doen, omdat wij bezig waren met de herhalingssommen van groep 7. Wij moesten samen op de gang werken. Zucht, zucht, diepe zucht. We kwamen helemaal niet aan rekenen toe, want Boris klepperde maar door over zijn hondje.

Zaterdag 13 oktober

Vandaag heb ik een wedstrijd gehad en het ging goed! Ik was echt ontzettend zenuwachtig, helemaal omdat het 13 oktober was. Dertien! Mijn eerste wedstrijd in de eerste

divisie op de dertiende. In de auto bleef ik er maar over doorpraten, net zolang tot papa boos werd.

'Houd op met die flauwekul!' zei hij.

'Maar,' begon ik.

'Geloof in jezelf,' zei oma.

'Dat dertien ongeluk brengt is allemaal dom bijgeloof,' deed mama ook nog een duit in het zakje.

'Maar,' begon ik nog een keer.

'Je bent gewoon zenuwachtig,' zei oma, 'en dat is logisch.'

'Wedden dat het goed gaat!' Papa keek even door de achteruitkijkspiegel naar mij.

'Oké, waar wedden we om?' vroeg ik.

'Om de eer,' stelde papa voor.

Dat vond ik flauw van hem. Echt papa. Die wedt gewoon nooit.

Toen we aankwamen waren Nicky en Britt er al en Alma natuurlijk. We gingen meteen inturnen. Ik was nog wel heel zenuwachtig, maar het ging eigenlijk best goed. Alma zei dat ze er alle vertrouwen in had.

In de wedstrijd gingen alle toestellen redelijk tot goed! Balk ging zelfs super. De flikflak deed ik natuurlijk nog niet, dus dat betekende wel aftrek, maar ik was best tevreden met mijn punten.

Vloer ging ook oké, maar daar had ik toch een paar punten aftrek. De schroef, die anders altijd goed gaat, mislukte een beetje en ik kwam een keer met mijn grote teen buiten de witte lijn. Bij de sprong verstapte ik me één stapje bij de landing en bij de brug maakte ik ook een paar kleine foutjes.

Nou ja, al met al een goede wedstrijd. Ik was elfde, Britt vijftiende en Nicky vijfentwintigste, dus dit keer geen medaille voor ons. Maar ik was dik tevreden, want er deden zo'n veertig meisjes in mijn leeftijdscategorie mee.

Van oma mocht ik na de wedstrijd een nieuw turnpakje uitzoeken bij het kraampje dat in de kantine stond. Ze hadden heel veel pakjes.

Ik koos een fluwelen felrood pakje met donkerrood en zilver erin. Vet mooi. Papa kocht er toen nog een donkerrood fluwelen turnbroekje met korte pijpjes bij. Bij de training hebben alle meiden altijd een turnbroekje over hun pakje aan.

Bij de wedstrijd mag dat niet. Dan heb je altijd het speciale selectiepakje van je eigen club aan. Ik heb nu voor de training vijf verschillende pakjes, maar dit is het mooiste.

Woensdag 17 oktober

Gelachen dat we hebben, vandaag! Tom had bij de fopwinkel bloedpillen gekocht en die mee naar school genomen. Voor schooltijd liet hij zien hoe het werkte. Je moest erop kauwen en als ze dan kapot waren, liet je een beetje van de vloeistof die vrijkwam, uit je mond lopen Je kon niet zien dat het maar nep was. Het zag er vet griezelig echt uit.

Aan het einde van de schooldag moesten we in de kring gaan zitten omdat juf ging voorlezen. Ik ben dol op voorlezen en ik zat heel snel midden in het verhaal van de gebroeders Leeuwenhart.

Tom en Steven zaten een beetje aan elkaar te duwen en te trekken, dus juf zei dat ze op moesten houden. En toen opeens rolden ze vechtend over de grond. Juf zag het eerst niet eens, die las gewoon door. Ik zag tot mijn afgrijzen bloed bij Toms oor.

Cilla zag het ook en ze sprong op.

'Hij bloedt!' riep ze dwars door het verhaal van juf heen.

Juf Marian schoot overeind. Ze schrok echt heel erg, toen ze dat bloed zag. 'Wat doen jullie nou?' Ze trok Tom mee naar de wasbak.

Een paar kinderen begonnen te giechelen en toen bedacht ik pas dat het natuurlijk een grap met die bloedpillen was.

Juf zag het pas, toen ze het bloed met een nat doekje bij Toms oor en mond wilde wegvegen. Gelukkig moest ze erom lachen, maar echt leuk vond ze het niet, dat zag ik wel aan haar.

'Wacht maar,' dreigde ze, 'ik pak jullie nog wel een keertje terug.'

Woensdag 24 oktober

Het is deze week herfstvakantie. Ik moet elke dag trainen. Ik ben druk bezig om de nieuwe oefeningen er goed in te krijgen.

Ik ben dus al een paar trainingen bezig de flikflak op de balk te leren. Vandaag gingen de matten eraf. Britt moest ook. We zaten elkaar ontzettend bang te maken en toen werd Alma boos.

'Als jullie niks beters te doen hebben, dan hoepel je maar op,' zei ze.

We schrokken ons dood.

'Ja,' ging ze verder, 'als ik denk dat die mat eraf kan, dan kan dat ook en daar moeten jullie op durven vertrouwen, anders kunnen we net zo goed stoppen. Begrepen?'

Wij knikten stilletjes.

'Jij eerst, Fleur!'

Mijn hart sloeg als een gek, toen ik op de balk klaarstond. Gelukkig stond hij nog wel in de laagste stand. Alma stond er naast. 'Concentreer je,' zei ze.

Ik haalde diep adem. Wat als ik misstapte? Wat...? Niet aan denken, hield ik mezelf voor. Nu! Ik zette af, ging achterover, raakte met mijn handen de balk en kwam keurig, zonder ook maar één wiebel, weer terecht op mijn voeten.

Iedereen klapte.

'Zie je nou wel?' zei Alma. 'Nog een keer.'

Ook de tweede keer ging het goed.

'En nu omhoog met die balk,' zei Alma. 'Je kunt het!'

Ik wilde protesteren, maar ik hield me in.

'Niet denken, maar doen!' Alma knikte me toe, toen ik op de hoge balk stond. 'Je kunt het!'

Ik deed een moment mijn ogen dicht en daar ging ik. Het ging perfect. Ik kwam zonder wiebels terecht. Vet, vet, vét gaaf! Ik kan het, ik doe het, ik durf het.

Toen moest Britt. Op de lage balk deed ze het goed, maar toen ze op de hoge stond, begon ze te huilen.

Alma gaf niet toe. 'Als je het op de lage kunt, kun je het ook op de hoge.'

Britt slaakte een bibberende zucht en haalde haar neus op. Toen ging ze. Bij het neerkomen wiebelde ze verschrikkelijk, maar ze bleef staan.

'Jullie zijn kanjers, meiden!' Alma sloeg haar ene arm om Britts schouders en haar andere om die van mij. 'Bij de volgende wedstrijd kunnen jullie de balkoefening helemaal doen.'

Wauw, het is echt te gek om zo te turnen en al die nieuwe dingen te leren.

Vrijdag 9 november

Ik heb al een paar weken niet geschreven omdat er niet zoveel belangrijks te vertellen was, maar nu is er iets verschrikkelijks gebeurd. Valerie en Nigel hebben verkering.

Ik begrijp er niets van. Wat ziet hij in zo'n opgedirkte modepop. Zo'n tut, zo'n make-updoos!

Valerie liep vandaag de hele dag te stralen en ze heeft het aan iedereen verteld die het maar horen wilde. Zelfs aan de kleuters van groep 1 en 2.

Nigel is onverstoorbaar en aardig zoals altijd, alleen misschien iets drukker.

Ik snap er helemaal niets van. Ik dacht dat Nigel smaak had.

Sharon, Tess en Mirte hadden de wildste fantasieën.

'Misschien dwingt ze hem,' zei Sharon.

'Hoe dan?' vroeg ik.

'Ja, weet ik veel, 't is maar een idee,' zei Sharon.

'Misschien is het een weddenschap,' bedacht Tess.

'Ja, of misschien heeft Nigel ook *Doen, durven of waarheid* gespeeld,' veronderstelde Mirte.

'Laten we het hem vragen,' stelde Sharon voor.

Dus gingen wij in de pauze naar Nigel toe. Ik wilde eigenlijk niet, maar ze trokken me gewoon mee. Gelukkig was Nigel alleen met Thijs en merkten de andere jongens niks.

'Hoezo heb je iets met Valerie?' vroeg Sharon op de man af.

'Gaat jou dat wat aan?'

'Tuurlijk, ik ben Fleurs vriendin.'

Ik zag dat Nigel zich ongemakkelijk voelde en me niet aan durfde te kijken. Ik durfde ook nauwelijks naar hem te kijken. Een andere jongen had zich gewoon omgedraaid en gezegd dat we ons er niet mee moesten bemoeien, maar daar was Nigel te aardig voor.

'Gewoon, leuk meisje,' mompelde hij.

'Dat meen je?' Mirtes stem schoot uit.

'Nou, dat kan toch,' nam Thijs het voor zijn vriend op.

'Jij bent gek,' zei Tess. 'Zo'n make-updoos.'

'Valt wel mee.' Nigel staarde naar de punt van zijn schoen.

'Valerie is best mooi,' zei Thijs.

Het klonk niet echt overtuigd.

Mirte sloeg haar arm om mijn schouder. 'Kom mee,' zei ze. 'Die jongens zijn gestoord.'

Verdoofd liep ik met Mirte mee. Vanuit mijn ooghoeken zag ik de make-updozen naar mij kijken.

'Kom op, Fleur,' zei Sharon. 'Geen hand vol, maar een land vol.'

'Waar slaat dat op?' vroeg Tess verontwaardigd.

'Daar heeft Fleur toch niets aan.'

'Ik probeer haar een beetje te troosten,' verdedigde Sharon zich.

'Nou, dat doe je dan helemaal verkeerd,' katte Mirte.

De vier make-updozen kwamen onze kant opgeslenterd.

'Wat jammer nou hè, Fleur?' Valerie grijnsde.

'Helemaal niet,' zei Sharon. 'Dacht je dat Fleur een jongen wil die van make-updozen houdt?'

'Heeft je moeder alweer een nieuwe vriend?' vroeg Mandy liefjes aan Sharon.

'We zagen haar namelijk met een man in de stad lopen,' verklaarde Natasja. 'Wat een ouwe vent, zeg. Hij kon je opa wel zijn.'

'Houd je kop!' schreeuwde Sharon. 'Houd je kop, houd je kop!'

Ik zei helemaal niets. Ik wist gewoon niets te zeggen. Ik keek alleen maar naar het opgemaakte gezicht van Valerie. Daar hield Nigel dus van. En ik had gedacht dat hij mij nog steeds leuk vond. Stom, stom, stom.

Zaterdag 10 november

Vanmorgen geturnd en aan Nigel gedacht. Bij alles wat ik doe, denk ik aan Nigel en zijn ellendige make-updoos. Aan Nigel dacht ik natuurlijk al best veel, maar dat ik nu ook voortdurend aan de stomste meid uit de klas denk, is nieuw. Ik wil het helemaal niet, maar ik kan er niets aan doen.

Vanmiddag om twee uur stonden Sharon, Mirte en Tess voor de deur.

'We komen je troosten.' Mirte sloeg haar arm om me heen.

'We gaan lekker shoppen,' zei Sharon, 'en troostcadeautjes kopen.'

'Troostcadeautjes, wat zijn dat?' vroeg ik.

'O, dat doet mijn moeder altijd, als het weer uit is,' zei Sharon achteloos. 'Nou, kom op, we gaan.'

'Ik weet niet of ik mag,' zei ik.

'Waarom niet?' Sharon keek verbaasd.

Ik haalde mijn schouders op. 'Ik ben nog nooit alleen de stad in geweest.'

'Één keer moet de eerste zijn,' zei Mirte. 'En ik mocht ook.'

Gelukkig vond mama het goed. Ze waarschuwde wel dat we voorzichtig moesten zijn en zo. Papa gaf mij vijf euro mee om iets lekkers voor te kopen.

In de stad was het hartstikke druk. Als troostcadeautjes kocht ik wat make-upspulletjes. Ik had natuurlijk ook al wel wat dingetjes, mascara en lipgloss, maar niet echt veel.

We kochten een super, supergrote zak snoep van het geld van papa. 'Troostsnoep,' zei Sharon. 'Mijn moeder eet altijd troostbonbons.'

Anders ben ik dol op snoep, maar nu proefde ik nauwelijks wat ik at en al heel snel werd ik een beetje misselijk.

We raakten er maar niet over uitgepraat dat zo'n leuke jongen als Nigel op zo'n stomme trut als Valerie viel. Of eigenlijk, Sharon, Tess en Mirte raakten er niet over uitgepraat, want ik zei niet zoveel.

'Zal ik jou eens opmaken?' stelde Sharon mij voor.

'Kun je dat dan?' vroeg Mirte.

'Ja, duh, natuurlijk kan ik dat, ik ben nu toch ook opgemaakt?'

Dat was waar. Sharon maakte zich sinds groep 7 op. Een klein beetje, zodat het haast niet opviel. Beetje mascara en dat soort dingen.

We gingen met z'n allen naar haar huis. Op Sharons kamer stalden we alle make-upspullen uit en begonnen ons op te tutten. Sharon hielp mij. 'Wat vind je ervan?' vroeg Sharon, toen ze klaar was. Ze duwde me naar de spiegel.

'Gaat wel,' zei ik.

Ik keek naar mijn zwarte ogen en naar de foundation op mijn gezicht.

'Nou zeg.' Sharon keek een beetje beledigd.

'Wat zouden de make-updozen staan te kijken, als ze ons zo zouden zien,' zei Sharon terwijl ze mijn wimpers nog wat meer krulde met een wimpertang.

'Zullen we een keer zo naar school?' vroeg Mirte.

'Ja, lachuh,' giechelden Sharon en Tess.

'Doe je mee, Fleur?' vroeg Mirte.

'Is goed,' zei ik zonder al teveel enthousiasme.

'Jee, Fleur,' viel Sharon uit, 'doe nou eens normaal! Dat die jongen jou niet wil is niet het eind van de wereld, hoor!'

Ik zei niets.

'Doe niet zo onaardig tegen haar,' zei Mirte.

'Nou ja, wat hebben we zo aan Fleur? Of ze turnt, en als ze niet turnt, dan denkt ze alleen maar aan Nigel. Bah!'

'Ze heeft liefdesverdriet!' Mirte klopte me op mijn rug. 'Kom op. Het gaat vast binnenkort uit tussen Nigel en Valerie.'

'Wat ziet hij toch in haar?' zuchtte ik.

'Joh, jongens zijn gek, wen daar alvast maar aan,' zei Mirte. 'Neem nou mijn broer...' Mirte begon een ellenlang verhaal over haar broer, maar ik luisterde niet. Het lukte gewoon niet, want Nigel zat steeds in mijn hoofd.

Vrijdag 16 november

Als ik in bed lig, onder de douche sta, als ik met Charlie loop, als ik met iemand praat, op msn en als ik turn, bij alles denk ik aan Nigel. En nu dus ook aan Sharon, hoe onaardig ze deed. Maar dat heeft Sharon altijd wel een beetje. Als iemand zorgen heeft of zo, dan is ze heel snel geïrriteerd.

Vanmiddag viel ik van de evenwichtsbalk omdat ik me onvoldoende concentreerde. Ik schampte met de binnenkant van mijn bovenbeen langs de balk. Vet pijnlijk. Britt en Nicky hurkten bezorgd bij me neer.

Ik moest het meteen koelen van Alma en ze wilde weten hoe dat kon gebeuren.

'Je valt bijna nooit van de balk en al helemaal niet op deze onhandige manier. Vertel op, wat heb je?'

Eerst wilde ik het niet zeggen, maar ze drong zo aan dat ik in tranen uitbarstte en het hele verhaal vertelde. Alma was heel lief voor me. Ze zei niet zoveel en ze luisterde vooral. Daarna ging het wel beter. Ze leerde me hoe ik me beter kon concentreren. Even heel stilstaan, schouders losmaken en dan denken aan je ademhaling. Voelen dat je adem tot in je buik komt, de zogenaamde buikademhaling. Inademen door de neus, buik bol maken en weer uitademen door de mond. Het hielp echt. Dat moet ook wel, want overmorgen heb ik een wedstrijd.

Zondag 18 november

Dankzij de tip van Alma heb ik een redelijke wedstrijd geturnd. Ik was dit keer negende, dus twee plaatsen hoger dan de vorige keer. Nicky was ziek en Britt stond nu op de twaalfde plaats. Die had het dus ook beter gedaan.
Ik was eigenlijk heel tevreden, maar Alma minder.
Ze zei tegen me dat ik moest proberen om ervoor te zorgen dat ik steeds in een optimale conditie was, dus goed eten, goed slapen en niet teveel stress.
'Ik snap wel dat je soms andere dingen aan je hoofd hebt dan turnen, maar je moet wel bedenken dat stress je prestaties nadelig beïnvloedt.'
'Ik heb het beter gedaan dan de vorige keer,' wierp ik tegen.
'Dat is waar,' gaf Alma toe, 'maar je zit nog niet bij de eerste vijf.'
'Denk je dan dat ik dat kan?' vroeg ik verbaasd.
'Uiteraard, anders trainde ik je niet.'
Dit was nieuw voor me. Ik wist dat ze me goed vonden, anders hadden ze me natuurlijk niet in de eerste divisie geplaatst, maar *zo* goed.
'Als je echt wilt, kun je het ook,' ging Alma verder. 'Ja heus,' zei ze, toen ze mijn bedenkelijke gezicht zag. 'Je moet je

hoofd he-le-maal leeg kunnen maken, als je turnt.'
Ik dacht aan Sharon die onaardig deed en aan Nigel die verkering had met Valerie. Ik dacht aan Boris die achter me
aan liep. Hoe moest dat, niet meer aan hen denken?
'Er is altijd wel iets, waar je over tobt,' zei Alma. 'Is het niet
een vriendje, dan zijn het wel je vriendinnen, je ouders of
je schoolwerk. Maar eigenlijk moet je alles onbelangrijk
vinden, zeker op het moment dat je een wedstrijd hebt. Het
turnen staat op de eerste plaats. Denk er maar eens over na.'
Ik weet niet of ik dat kan. Turnen is fantastisch, dat wel,
maar ik weet niet of ik alles ervoor op wil geven. Mijn
vriendinnen, Nigel (ik hoop nog steeds dat het goed komt),
Charlie, mijn ouders en oma. Na de zomer zal ik in een gastgezin gaan wonen. Ik moet er eigenlijk niet aan denken.

Vrijdag 23 november

Van juf Marian moeten we kei- en keihard werken. Taal,
rekenen, wereldoriëntatie, topo en dan oefenen we ook nog
studievaardigheden. Bij dat laatste leer je bijvoorbeeld hoe
je een telefoonboek moet gebruiken en hoe je grafieken
moet lezen. Het is een onderdeel van de Cito-toets. Ik vind
het niet zo moeilijk en het is balen dat dat onderdeel nou
net niet meetelt voor je Cito-score. Alleen taal en rekenen
tellen mee.
Hoewel juf Marian steeds zegt dat we ons geen zorgen hoeven te maken, doe ik dat wel. Ik moet taal echt heel goed
maken, want mijn rekenen wordt vast niks. Alhoewel de

remedial teacher hier op school steeds zegt dat hij kan merken dat ik vooruitga.

Vandaag zaten Boris en ik op de gang te rekenen.

'Ik weet waarom Nigel verkering met Valerie heeft,' zei Boris ineens.

Verbaasd keek ik hem aan. 'Waarom dan?'

'Gaan we vanmiddag samen de honden uitlaten?' vroeg Boris. 'Dan zal ik je alles vertellen.'

'Hoe weet je dat dan, van Nigel en Valerie?' wilde ik weten.

'Ik weet het,' zei Boris.

Ik dacht na. Tot nu toe was ik aan de dreiging van samen de honden uitlaten ontsnapt en eigenlijk wilde ik dat graag zo houden.

'Is het eigenlijk nog aan met Cilla?' vroeg ik. Ik had Cilla er helemaal niet meer over gehoord.

Boris knikte.

'Ja?' vroeg ik stomverbaasd.

'Ja,' herhaalde Boris.

Ik vroeg me af waarom Cilla het niet allang had uitgemaakt. Ze zou Boris toch niet echt leuk vinden?

'Zullen we die dan ook meevragen?' stelde ik voor.

'Nee, want Cilla heeft geen hond,' wierp Boris tegen.

Op dat moment deed juf Marian de deur van het lokaal open. 'Zijn jullie bijna klaar? We gaan zo tekenen.'

Ik pakte mijn spullen bij elkaar.

'Gaan we nu vanmiddag samen de honden uitlaten of niet?' drong Boris aan.

Ik zuchtte. 'Vanmiddag niet, dan moet ik turnen.'

'Wanneer dan wel?'

'Ik wil er over denken,' zei ik toen maar.

'Als je het niet doet, zeg ik niks,' vuurde Boris zijn laatste schot af. 'Als je dat maar weet.'

Vlak voor drie uur zei juf Marian dat we lootjes moesten trekken voor Sinterklaas. Ik heb een van de make-updozen getrokken, Natasja. Nou, één voordeel: het zal in elk geval niet moeilijk zijn voor haar iets te bedenken.

Donderdag 29 november

Sharon, Mirte, Tess en ik hadden voor vandaag afgesproken om opgemaakt naar school te gaan. Ik had vanochtend eindeloos lang voor de spiegel in de badkamer gestaan. Mijn wimpers waren diepzwart en gekruld. Ik had een lijntje onder mijn ogen, een beetje rouge, poeder en lipgloss. Precies zoals Sharon het bij mij had gedaan.

Als ik aan haar dacht, kreeg ik een beetje een naar gevoel. Ik merkte best dat Sharon het maar onzin vond dat ik om Nigel treurde, en dat ze zich aan me ergerde. Ik vond zelf dat ik alweer een beetje over Nigel heen was. Nou ja, ik vond het natuurlijk nog wel naar en zo, maar ik hoefde niet steeds meer aan hem te denken.

Toen ik beneden kwam, wilde oma dat ik onmiddellijk mijn gezicht ging schoonmaken. 'Je lijkt wel zestien,' mopperde ze.

Maar mama zei gelukkig dat het mocht. 'Voor een keertje

mag je zo naar school, maar het moet geen gewoonte worden!'

Toen kregen mama en oma een beetje ruzie over meisjes van elf die zich gedroegen als meisjes van zestien.

Op school ontmoette ik, zoals afgesproken, Sharon, Tess en Mirte in het fietsenhok. We zagen er alle vier echt hartstikke opgemaakt uit.

'Ik durf niet,' giechelde Tess.

Sharon stak haar arm door die van Tess en door die van Mirte en sleurde hen mee het schoolplein op.

Even bleef ik verbluft staan. Waarom haakte Sharon niet bij mij in? Was ze echt boos op me? Ik was toch haar vriendin? Ik luisterde toch ook altijd naar haar verhalen over haar moeder met de zoveelste nieuwe vriend? Het sloeg gewoon nergens op!

Toen rende ik achter hen aan en stak mijn arm door die van Mirte. Zo liepen we met z'n vieren over het schoolplein. Iedereen keek naar ons, maar niemand maakte een opmerking.

'Wat hebben jullie nou gedaan?' Yasmine en Bente kwamen naar ons toe.

'Ben je blind of zo?' snibde Sharon.

'Gaan jullie samen met de make-updozen?' wilde Bente weten.

'Ja duh,' zei ik, 'dacht het dus niet.'

Op dat moment kwamen Nigel, Thijs, Tom en Steven langs.

Ze hadden de bal bij de conciërge gehaald om te gaan voetballen.

Ik zag hoe Nigels ogen langs mijn gezicht gleden en even meende ik verbazing en afschuw in zijn blik te zien. Ik begreep er niets van.

'Hij vindt het niet mooi,' merkte Sharon tegen mij op, die Nigels gezicht blijkbaar ook gezien had.

'Nou en,' snauwde ik opeens tegen haar. 'Ik ook niet.' En toen zei ik er achteraan: 'Waar bemoei je je eigenlijk mee, stomme trut?'

Sharon kneep haar ogen tot spleetjes. 'Met jou, stomme trut,' zei ze. 'Denk maar niet dat je make-up goed zit, hoor! Toen ik het laatst gedaan had, zag het er veel mooier uit.'

'Kan mij dat schelen.'

Ik was gewoon helemaal zat van al dat gedoe. Nigel vond mijn make-up niet mooi en dat was dat. Dan ook maar niet. Jammer dan. Het zat me eigenlijk meer dwars dat Sharon zo idioot deed.

'Overdreven zoals jij doet met Nigel,' katte Sharon.

'Pfff, kijk jij naar jezelf. Wie is hier nu eigenlijk overdreven? Ik vind het overdreven dat jij altijd zo zeurt als je moeder een nieuwe vriend heeft.'

Dat vond ik helemaal niet, maar ik was gewoon boos op haar.

Sharon draaide zich om en liep het plein over, regelrecht naar de make-updozen. Met hen ging ze staan smoezen.

'Nou ja zeg.' Mirte keek me met opgetrokken wenkbrauwen aan. 'Wat hebben jullie?'

'Ruzie,' zei Tess laconiek.

Ik beet op mijn lip. We hadden wel vaker ruzie gehad, want Sharon was best snel op haar teentjes getrapt. Meestal duurden onze ruzies nooit zo lang, maar deze zou langer duren, dat voelde ik.

Woensdag 5 december

Toen we om half negen vanochtend in het lokaal kwamen, stond alles op z'n kop. De Rommelpieten waren aan het werk geweest en ze hadden een gigachaos achtergelaten. Tafels stonden door elkaar en stoelen lagen omver. Alle vakken waren leeggehaald en overal lagen schriften, boeken en papieren door het lokaal verspreid.

Iedereen was natuurlijk meteen helemaal hoteldebotel. In ons vak vonden we allemaal een chocolademuis of -kikker. We gingen samen het hele lokaal weer opruimen en we moesten van juf meteen ons vak uitmesten. Alle overbodige papieren gooiden we in de prullenbak en daarna ruimde iedereen zijn vak weer keurig netjes in.

Juf Marian deed een grote inspectie en trakteerde toen op nog een chocolademuis of -kikker.

Toen begonnen we met de cadeautjes.

Er was warme chocolademelk en er waren grote zakken

pepernoten. Heel veel kinderen hadden een leuke surprise gemaakt.

Ik kreeg een zelfgemaakte puppy van zachte stof opgevuld met een soort heel fijn piepschuim en ik moest grabbelen naar mijn cadeautje. Het waren een paar heel leuke oorbellen en wat snoep. Iedereen probeerde natuurlijk te ontdekken wie wie had.

Het had allemaal heel gezellig kunnen zijn, maar dat was het voor mij toch niet, want Nigel ging met Valerie en Sharon en ik hadden nog steeds ruzie. Echt vreselijk! Sharon is nu definitief overgelopen naar het clubje van Valerie en ze heeft Tess meegenomen. Ze heeft geprobeerd Mirte ook mee te krijgen, maar dat is mislukt.

Toen heeft Valerie zelf geprobeerd Mirte over te halen. Eerst een keer op msn en toen voor schooltijd.

Ik zag ze wel samen staan praten, de hoofden bij elkaar en ik was bang dat ik ook Mirte nog kwijt zou raken.

'Als je met haar praat, is Valerie is eigenlijk toch wel aardig,' zei Mirte later tegen mij. 'En Mandy, Natasja en Desirée ook.'

'Aardig?' vroeg ik. 'Aardig? Waar heb je het over?'

'Nou ja,' zei Mirte, 'vroeger speelden we toch ook wel met ze.'

'Ja, vroeger,' zei ik. 'Vroeger! Maar vroeger is niet nu!'

Vroeger was in groep 4 of zo. Toen waren we nog kleine kinderen en zaten Valerie en ik bij elkaar op gymnastiek.

'Eigenlijk is het allemaal vet kinderachtig,' zei Mirte. 'Vind je niet? Dat gedoe tussen hen en ons. Waar gaat het helemaal over?'

'Valerie is anders wel begonnen hoor,' zei ik. 'En als jij ook liever bij Valeries groepje bent, dan, dan…' Ik kon niet verder praten en moest bijna huilen.

'Tuurlijk, niet,' zei Mirte, 'jij bent toch mijn vriendin!'

Ben vet blij dat Mirte niet overloopt!

Dinsdag 11 december

Vandaag heeft juf de rollen verdeeld voor het kerstspel dat we op gaan voeren. We spelen het dit jaar niet alleen voor kinderen en ouders, maar ook nog een extra middag voor een aantal oude mensen uit verzorgings- en verpleegtehuizen hier uit de omgeving.

Nigel heeft natuurlijk een hoofdrol gekregen, want die kan gewoon goed toneelspelen. Hij is Jozef.

Ik ging bijna over mijn nek bij het idee dat Valerie Maria zou worden en dat ze dan samen een beetje klef op het toneel gingen staan doen.

Je had Valerie moeten zien.

'Ikke, ikke, ikke, juf,' riep ze. Ze deed haar best haar vinger zo hoog mogelijk op te steken. Ze dacht zeker: hoe hoger m'n vinger hoe groter m'n kans. 'Mag ik Maria zijn, juf. Ik…'

'Ikke, ikke, ikke en de rest kan stikke!' Het floepte er zomaar uit.

'Klopt precies!' Het was de eerste keer dat Sharon weer iets tegen me zei.

Ik keek haar verrast aan. Was ze het met me eens? Maar ik besefte meteen, dat ze op mij doelde.

Ik zei niets, maar stak alleen even mijn tong naar haar uit. Kinderachtig, ik weet het, maar ik moest toch iets doen. Ik wachtte vol spanning af wat voor beslissing juf zou nemen. Stel je voor dat ik Maria zou worden. Niet dat ik dat zou willen, want ik kan niet zo goed toneelspelen, maar aan de andere kant, het zou wel heel leuk zijn om Valerie op die manier terug te pakken.

'Maria wordt….' Juf liet even een stilte vallen. 'Cilla!'

Cilla? Ik viel bijna van mijn stoel van verbazing. Cilla? Maar ik riep meteen: 'Cilla! Leuk!' Alles beter dan Valerie.

Gelukkig vielen Bente en Mirte me bij en Steven en Tom ook, de schatjes.

Cilla zelf werd helemaal rood.

Valerie was eerst net zo verbaasd als de anderen. 'Wat een nepmaria!' riep ze toen uit. 'Dat slaat helemaal nergens op. Dan kun je Boris beter Jozef maken.'

'Nee,' riep Boris keihard door de klas heen. 'Dat wil ik niet!'

Cilla begon te huilen.

Juf Marian werd boos. 'Valerie, dat wat jij zegt, dát slaat nergens op! Denk jij misschien dat jij de enige bent die de rol van Maria kan vertolken?'

Ik wist zeker dat Valerie dat dacht, maar ze zei niets.

Juf Marian ging verder: 'Als Nigel geen Jozef was geworden, had je dan ook zo graag de rol van Maria gespeeld?'

Ik wist wel zeker van niet.

'Dan had je niet naar die rol getaald,' zei juf Marian.

Ze had groot gelijk, die juf van me. Lekker net goed voor Valerie.

Valerie keek boos, maar ze zei nog steeds niets.

Cilla snoot haar neus. Het was te hopen dat ze in haar rol van Maria niet zo gauw zou hoeven te huilen. Nou ja, misschien zou ze een traantje kunnen laten als niemand in de kerstnacht onderdak voor hen had. Dan waren een paar tranen nog wel passend.

Juf Marian ging verder met het verdelen van de rollen. Valerie moest gewoon een van de herders spelen. Mirte, Yasmine en ik waren de drie koningen uit het oosten. Verder waren er natuurlijk nog meer rolletjes te verdelen. Iedereen deed iets.

Juf zei dat het een goede voorbereiding was op de musical straks, aan het einde van het schooljaar.

Woensdag 19 december

Het was vanochtend ijzig koud en ik had helemaal geen zin om uit mijn bed te komen, maar oma trok gewoon het dekbed van me af.

Toen ik Charlie uitliet, liep ik helemaal te klappertanden. Charlie had nergens last van, die dartelde en sprong vrolijk in het rond. Gek eigenlijk dat zo'n vachtje blijkbaar zoveel warmte geeft dat het je zelfs met dit koude weer genoeg bescherming biedt.

Om half acht was ik alweer aan het rekken en strekken. Nicky, Britt en ik moesten ontzettend lachen omdat Nicky haar evenwicht verloor en achterover op de mat viel. Ben blij dat ik altijd samen met hen train, anders zou het wel saai zijn. De flikflak op de balk ging gelukkig weer goed, maar mijn oefening op de brug lukte nog steeds niet en zaterdag heb ik een belangrijke wedstrijd en dan moet ik het kunnen!

Toen schoot Alma een beetje uit haar slof. 'Je wilt het gewoon niet graag genoeg,' riep ze uit.

Belachelijk idee van haar. Alsof ik voor de lol voortdurend misgrijp. Ik had zin om heel hard en heel lang te gillen, maar dat hield ik binnen. Ik heb de hele training geen woord meer tegen haar gezegd.

In de allerlaatste vijf minuten lukte het opeens wel. 'Yes, yes, yes!' riep ik.

'Zie je nou wel, dat je het kunt,' zei Alma, 'als je maar wilt.' Nou ja, misschien heeft ze toch gelijk.

Toen ik op school kwam, moest ik meteen de topotoets maken van Zuid-Amerika, terwijl de anderen pauze hadden. Ik had het gelukkig goed geleerd.

Toen iedereen weer binnen was, gingen we oefenen voor het kerstspel. Generale repetitie, want morgenmiddag voeren we het op voor onze ouders en de oudjes uit de verzorgingstehuizen en verpleegtehuizen uit de omgeving en dan vrijdagmorgen nog een keer voor alle kinderen van de school.

Cilla deed het best goed als Maria. Dat komt, denk ik, omdat Nigel gewoon aardig tegen haar deed en zelfs Valerie had geen commentaar. Nigel heeft vast gezegd dat hij het uitmaakt, als ze Cilla uitlacht.

Nigel zag er zóóóó lief uit als Jozef, vooral toen hij Cilla ondersteunde. Maar toch, ik geloof eigenlijk dat ik hem minder leuk vind dan eerst.

Mirte, Yasmine en ik kregen steeds de slappe lach, als we als de drie koningen opkwamen. Dat kwam door David, die met een heel ernstig gezicht naast Cilla en Nigel viool stond te spelen. Hij hield zijn ogen bijna dicht en het puntje van zijn tong stak uit zijn mond. Het zag er helemaal belachelijk uit. Steeds als we naar David keken, proestten we het weer uit.

Dat vioolspelen was een idee van juf. Toen Jezus geboren werd, stond er echt geen violist naast Maria, maar juf dacht dat het leuk zou zijn als er kerstliedjes gespeeld werden.

David is een vreselijke nerd, maar hij kan vet goed vioolspelen. Hij speelt alles gewoon uit zijn hoofd.

Op het laatst was juf Marian echt een beetje boos. 'Hou op, met dat domme gehinnik,' zei ze, 'anders krijgen jullie de rol van de os en de ezel. Of die van de schaapjes in het veld.'

We hielden van schrik op met lachen, want juf Marian doet zoiets ook nog. En toen moesten we daar weer om lachen, maar gelukkig merkte juf dat niet, omdat ze zich had omgedraaid om de herders te instrueren.

Driekus, Onno, Dennis, en Sjoerd begonnen meteen te roepen dat ze dat een goed idee vonden.

'Jammer dat erg geen ganzen in het veld nodig zijn,' merkte Onno op.

'Ja, of geiten,' vulde Sjoerd aan.

Juf kapte hen af door te zeggen dat ze hun grote mond moesten houden, omdat ze anders straf zouden krijgen. 'Het lijkt wel een groep 1 zoals deze klas zich gedraagt!' mopperde ze.

Om half een ging de bel. We waren vanmiddag vrij, nou ja, ik moest om vier uur trainen.

Toen we onze jassen aandeden, vroeg Boris weer of we vanmiddag met de hondjes gingen lopen. 'Dan vertel ik je van Nigel en Valerie,' zei hij.

'Goed dan,' zei ik snel, want ik was natuurlijk toch loeinieuwsgierig. 'Ik ben om twee uur bij je. Maar tegen niemand zeggen hoor!' voegde ik er snel aan toe. 'Het is een geheimpje, oké?'

Boris knikte stralend.

Ik zat met oma aan een broodje kroket, toen ik een sms'je binnenkreeg: *Moet vanmiddag met mijn moeder naar oma. Kan dus niet met jou lopen. Boris*

Nou ja, wat een gek. Kan dus niet met jou lopen, alsof ik de hond ben. Vind het natuurlijk wel jammer dat ik nu niks hoor over Nigel en Valerie, maar ben blij dat ik niet met Boris op stap hoef.

Wat zou hij weten over Nigel en Valerie? Misschien wel helemaal niets. Misschien zegt hij maar wat om mij mee te krijgen.

Om vier uur stond ik weer in de turnzaal. Ik was zenuwachtig. Straks lukte mijn brugoefening niet meer. Zodra ik me opgewarmd had, moest ik hem van Alma doen. 'Je kunt het!'

Ik smeerde magnesium aan mijn handen en daarna nog een keer. Ik probeerde het zo lang mogelijk te rekken.

'Schiet op, Fleur!' Alma's stem klonk streng. 'Begin nu ein-

delijk eens, ik heb nog meer te doen dan hier op jou te staan
wachten.'
Ik greep de lage legger en begon. Ik kon het nog! Ik was het
sinds vanochtend niet verleerd. De brugoefening ging top!
'Als je het zaterdag zo doet, heb je een hoge score,' zei
Alma.
Hoop het. Hoop het. Hoop het zo!

   Donderdag 20 december

Vanmiddag hebben we ons
kerststuk opgevoerd. De hele
school was om twaalf uur vrij,
behalve wij en de kinderen van groep 7. Om twee uur reden
de oudjes de school in. Sommigen in een rolstoel, anderen
met een rollator. Er waren ook nog wel wat bejaarden die
liepen, maar dat waren er niet veel.
Onze ouders waren ook uitgenodigd.
Alle juffen en meesters waren er om te helpen en de kinderen van groep 7 zorgden voor de koffie en de thee.
De opvoering ging best goed. Alleen vergiste ik mij in het
cadeau, waardoor Yasmine en Mirte, de twee andere koningen, in de war raakten. Wij moesten als de drie koningen
geschenken meebrengen voor het kindje Jezus, goud, mirre
en wierook.
Mirte had de mirre, Yasmine de wierook en ik het goud.
Maar toen zei ik tegen Cilla, Maria dus, dat ik de mirre mee
had gebracht.

'Nee, dat heb ík, sufferd!' Mirte gaf mij een iets te harde por in mijn zij waardoor ik een klein sprongetje maakte.

Yasmine begon te giechelen en toen moest ik natuurlijk ook lachen en Mirte ook.

Nigel, Jozef dus, die altijd een ster is in het improviseren, wilde de zaak redden en zei met een ernstig gezicht: 'De drie koningen zijn zeker erg blij en gelukkig met de geboorte van Jezus, dat ze zo moeten lachen.'

Toen moesten we eigenlijk nog harder lachen, maar dat wisten we gelukkig te onderdrukken. In elk geval kregen we na afloop een hard applaus van de oudjes, dus die hadden het wel mooi gevonden.

De ouders vonden het sowieso prachtig, maar die vinden natuurlijk alles leuk wat hun kinderen doen.

Vlak voor we weggingen, toen ik even alleen stond bij de jassen, kwam Nigel naar me toe, duwde me een envelop in mijn hand en maakte dat hij wegkwam.

Op dat moment kwam Mirte eraan en ik stopte de envelop haastig onder mijn jas. Ik had geen zin om haar iets over de envelop te vertellen.

'Wat wilde Nigel?' vroeg Mirte.

'Niks,' zei ik. 'Hij wenste mij een prettige vakantie.'

'Zie je nou wel!' Mirte keek mij opgetogen aan.

'Wat?'

'Hij vindt je nog steeds leuk.'

'Ja hoor,' zei ik. 'Daarom gaat hij zeker met Valerie?'

Maar zelf dacht ik stiekem hetzelfde als Mirte.

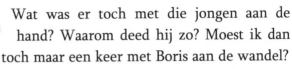

Wat was er toch met die jongen aan de hand? Waarom deed hij zo? Moest ik dan toch maar een keer met Boris aan de wandel?

Toen we thuis waren, ging ik meteen naar mijn kamer en haalde de envelop tevoorschijn. *Voor Fleur*, stond op de voorkant.

Ik scheurde hem voorzichtig open en haalde er een kerstkaart uit. *Prettige vakantie* stond er aan de binnenkant geschreven en daaronder *xxx Nigel*.

Betekende die kaart dat hij me nog steeds leuk vond? Maar Valerie dan? En moest ik Nigel nu ook een kaart sturen? Nou ja, mijn vriendinnen moesten er ook nog een, dus kon ik hem er ook wel eentje sturen? Of toch niet? Per slot van rekening had hij mij verraden door verkering te nemen met de grootste make-updoos van de hele klas.

Uiteindelijk schreef ik er toch een. Ik zette er dezelfde tekst op als hij had gedaan, alleen liet ik de x-jes achterwege.

Toen ik voor mijn vriendinnen en Nigel een kaart geschreven had, waren er nog twee over. Zou ik die naar Tess en Sharon sturen? Voor ik het wist, had ik hun adressen al op de enveloppen gezet. Zo, ik had een poging gedaan om het goed te maken, nu zij nog.

Zaterdag 22 december

Vanmorgen maakte papa me al om zes uur wakker. En dat voor de eerste dag van de kerstvakantie. Mama en oma sliepen nog en die zouden vandaag samen gaan winkelen in de stad. Ik was best een beetje jaloers, want winkelen met oma en mama is hartstikke leuk, omdat ik meestal van allebei iets krijg.

Papa en ik hadden een rit van twee uur voor de boeg. In de auto dutte ik op de achterbank nog een beetje verder en droomde van Nigel. Dat hij het uitmaakte met Valerie.

In de grote turnhal waar de wedstrijd was, trof ik Britt en Nicky. Alma was er ook al.

De moeder van Britt deed eerst nog mijn haar, omdat mama en oma vanochtend nog niet op waren, toen wij weggingen. De moeder van Britt kan dat trouwens vet goed. Ze vlecht het haar zo mooi in, dat het lijkt alsof je van de kapper komt. Daarna spoot ze er nog wat haarlak op, zodat er geen haartje kon ontsnappen.

We turnden ons in en toen begon het. Britt, Nicky en ik werden ingedeeld bij nog vijf andere meisjes van andere verenigingen.

Papa filmde zoals altijd alle onderdelen, zodat ik thuis alles nog weer eens goed kon bekijken. Eerst balk, toen sprong, daarna vloer en als laatste brug. Toen ik bij de brug op mijn beurt zat te wachten, was ik zo zenuwachtig dat mijn benen trilden.

Alma zag het en ze sprak me moed in. 'Concentreer je op je ademhaling en maak je hoofd leeg. Als je uitademt, blaas dan je zenuwen mee naar buiten.'

Ik probeerde het, maar toen ik aan de beurt was, wilde ik

het liefst de zaal uithollen. Ik wreef mijn handen stroef met magnesium en keek strak naar de jury, die druk bezig was de brugoefening van Nicky te beoordelen.

Eindelijk gaf een van de juryleden het teken dat ik kon beginnen. Even voelde ik me misselijk van de zenuwen, maar zodra ik de legger vasthad, ebde dat weg en werd ik rustig. Ik turnde een goede oefening.

We moesten een poos in de kleedkamer wachten, totdat alle punten waren opgeteld en toen moesten we weer naar binnen voor de uitslag. Keurig in een lange rij opgesteld

stonden we te wachten en ik werd derde! Ik stond bijna te stuiteren op het erepodium.

Mijn eerste medaille van dit turnjaar. Vet!

(Britt werd achtste en Nicky vijftiende)

Maandag 31 december

Vandaag is het alweer de laatste dag van het jaar. Het is lekker om vakantie te hebben, hoewel Niels nu om de dag komt om mijn rekenen bij te werken. Dat is minder, maar ik snap het nu wel beter. Ik ben door de rekenstof van groep 7 heen en de laatste weken voor de Cito-toets gaat Niels Cito-sommen met mij oefenen.

Kerst was een beetje saai, maar ook wel gezellig. Ik ben met papa, mam en oma op eerste kerstdag uit eten geweest in een heel chique restaurant.

Verder turn ik bijna elke dag een aantal uren. Ik leer mijn oefeningen steeds beter, maar Alma is niet snel tevreden. Ze ziet altijd wel iets wat niet goed gaat. Soms erger ik me helemaal wild en dan heb ik zin om weg te lopen.

Mirte heeft bij mij gelogeerd en dat was natuurlijk super. We hebben eindeloos over Nigel gepraat. Ik heb toch maar mijn kaart van hem laten zien.

'Waarom bel je hem niet?' vroeg Mirte.

We zaten samen op de bank naar een dvd'tje te kijken.

'Ben jij gek?'

'Vraag hem gewoon waarom hij jou speciaal een kaart geeft.'

'Nee, dan vraag ik nog liever Boris.'

'Hoezo dat?' Mirte begreep er niets van.

'Boris zegt dat hij weet waarom Nigel en Valerie verkering hebben.'

'Hoe weet hij dat nou?' wilde Mirte weten.

'Weet ik veel.'

'Vraag het hem dan!'

Ik zuchtte diep. 'Dat wil ik ook wel, maar dan moet ik met hem samen onze honden uitlaten.'

Mirte proestte. 'Wat een gek is het ook.'

'Ja, maar ik zit er maar mee.'

'Kom op, zo erg is dat toch ook niet? Even een uurtje naar het park en je hebt een schat aan informatie.'

'Ik weet het niet hoor. Ik heb het gevoel dat ik hem niet moet aanmoedigen.'

'Ja, maar als je het van Nigel wilt weten, zul je wel moeten. Kom op, stuur hem een sms'je dat je met hem uit wilt.'

Mirte giechelde even.

'Met hem uit wil.' Ik gaf haar een duw zodat ze languit op de bank viel. 'Zeg dat je het zo niet bedoelt.' Ik begon haar te kietelen.

'Houd op!' Mirte gierde het uit en kronkelde om weg te komen. Dat lukte niet want ik ben door al mijn trainen best sterk.

'Nou zegt op!'

'Ik pies in mijn broek,' piepte Mirte.

'Zeg dan!'

'Je wilt niet met hem uit, maar wel met zijn hond!'

Ik liet haar los.

'Stuur hem een sms'je en spreek iets af. Ik ga mee.' Mirte kwam overeind.

'Ja, duh, dat wil hij dus niet. Hij wil met mij alleen. En lach niet!' waarschuwde ik.

'Ik volg jullie stiekem, en als het dan misgaat, dan grijp ik in.' Mirtes ogen schitterden.

'Hoe mis gaat?' wilde ik weten.

'Nou, als hij je een zoen wil geven bijvoorbeeld.'

'Alsjeblieft zeg. Wat wilde je dan trouwens doen?'

'Dan spring ik tevoorschijn en dan roep ik: "Tadaa, verboden te zoenen!"'

Ik wilde het niet, maar ik moest toch lachen. 'Gek!'

'Dus je doet het?' drong Mirte aan.

'Goed dan.' Ik pakte mijn mobiel en zocht de klassenlijst waarin alle mobiele nummers van mijn klasgenoten zaten. *Zullen we zo met Charlie en Casper naar het park?* toetste ik in en drukte op verzenden.

Meteen daarna kreeg ik bericht terug. *Zit met mijn ouders in België. Zie je weer op school.*

'Hè, wat jammer nou,' verzuchtte Mirte.

Maar ik was eigenlijk ook wel opgelucht, want om met een verliefde Boris te wandelen leek me gewoon geen pretje. En eigen-, eigenlijk kon het me van Nigel ook niet eens zo héél veel meer schelen. De glans was eraf, nu hij zo'n trut boven mij gekozen had. Hoewel... Nigel was en bleef een leuke jongen, dat wel.

Maandag 7 januari

Vandaag weer naar school na twee weken vakantie. Ik had, een beetje onnozel misschien, gehoopt dat de ruzie voorbij zou, maar nee, ik had Tess en Sharon voor niks een kaartje gestuurd.

Er is nog steeds ruzie. Sharon en Tess aan de ene kant met de make-updozen (Tess en Sharon hebben nu ook make-up; Sharon had altijd al een beetje, maar nu vet veel) en Mirte en ik aan de andere kant, samen met Yasmine en Bente.

Nigel en Valerie gaan ook nog steeds met elkaar (stom joch om mij een kaart met kusjes te sturen) en Sharon heeft nu met Thijs. Volgens mij zijn Valerie en Sharon hartsvriendinnen geworden.

Juf Marian riep Sharon en mij in de pauze bij zich.

'Ik heb het even aangezien,' zei ze, 'maar jullie hebben nu al een aantal weken ruzie.'

'Ik vind Valerie leuker,' zei Sharon. 'Fleur is zo saai.'

Juf Marian zei dat we geen vriendinnen hoefden te zijn,

maar dat we wel gewoon tegen elkaar moesten doen.

'Ik doe gewoon,' zei Sharon.

'Ik ook,' zei ik.

Toen moest juf Marian een keer heel diep zuchten. 'Is het gewoon dan, dat je geen stom woord tegen elkaar zegt?'

'Het is ook nooit goed,' zei Sharon. 'Als we zitten te praten, krijgen we te horen dat we teveel kletsen en als we dan onze mond houden en hard werken, moeten we juist weer wel praten.'

Juf Marian schoot even in de lach. 'Je weet best wat ik bedoel,' zei ze.

Sharon haalde haar schouders op.

Ik vind het wel rot dat hele gedoe, maar eigenlijk heb ik niet eens zo heel veel tijd om erover na te denken. Mijn dagen zitten gewoon propvol. Sharon heeft wel een beetje gelijk. Ik ben ook best saai. Ik heb bijna nooit meer tijd om iets af te spreken of zo.

Na de pauze moesten we in ons groepje voor begrijpend lezen een tekst doen. We moesten samen overleggen en elkaar uitleggen waarom je een bepaald antwoord had gegeven.

Steven en Tom zaten ontzettend te balen omdat Sharon en ik elkaar voortdurend negeerden. Ze probeerden ons met grapjes aan het lachen te krijgen, maar hoewel we anders altijd meteen in een deuk liggen om die twee, bleven we nu met strakke gezichten zitten.

Steven vertelde een mopje van twee domme blondjes. 'Zegt de een tegen de ander, als jij raadt hoeveel snoepjes ik in mijn hand heb, krijg je ze alle zeven. Eh, zegt de ander,

even denken, eh… vijf?'
Tom begon hard te lachen, maar wij verblikten of verbloosden niet en bleven met ernstige gezichten aan het werk. Errug saai.

Woensdag 16 januari

Over drie weken begint de Cito-toets. We oefenen nu elke week oude Cito-toetsen. Ik vind het niet zo heel moeilijk. Rekenen gaat steeds beter, maar het kost me wel veel tijd om een som uit te rekenen. Juf Marian heeft gezegd dat ik me geen zorgen hoef te maken. Dat er echt wel voldoende tijd is. Hoop het.

Juf Marian heeft met alle kinderen een gesprekje gehad over het schooltype dat het beste bij hen zou passen. Ze zei dat ik het beste in een vmbo-tl/havo brugklas zou passen. Mirte ook. Als ik niet door zou gaan met turnen, zou ik dus samen met Mirte naar de brugklas kunnen. Eigenlijk zou ik dat het liefste willen, samen met Mirte naar de middelbare school. Maar ja, dan kan ik met turnen nooit de top bereiken en nu misschien wel.

Ik moet nu samen met papa en mama gaan bedenken welke middelbare scholen ik wil bezoeken, want de komende weken houden de middelbare scholen hun open dagen.

Juf Marian heeft voor ons een lijst gemaakt waar we op moeten letten bij de open dagen. De meeste punten zijn vet en vet saai, meer iets voor de ouders, bijvoorbeeld hoe er

lesgegeven wordt en hoe lesuitval geregeld wordt en dat soort dingen.

'Ik wil een school waar de lesuitval juist niet geregeld is,' zei Thijs.

Nigel zei dat er nog en aantal punten op de lijst ontbraken.

'Wat dan?' wilde juf weten.

'Of er een snoepautomaat is,' begon Nigel zijn opsomming. 'Of ze in de kantine saucijzenbroodjes enzo verkopen. Of er veel feesten zijn en of je in de pauze van het schoolterrein af mag.'

'Waarom dat dan?' vroeg David.

'Hé, de nerd weet eens een keer iets niet!' riep Driekus. 'Om naar de super te gaan natuurlijk, sukkel! En daar lekker in te slaan.'

'Nou, nou!' Juf Marian tikte even met haar pen op haar tafel. 'Ik snap dat jullie andere dingen belangrijk vinden, maar vergeet niet deze lijst aan je ouders te geven en neem hem samen met hen door. Want ook al vind je het saai, het is voor jullie heel belangrijk dat de school die je kiest goed bij je past. Als je bijvoorbeeld nu al weet dat je later naar het buitenland wilt, dan zou je voor tweetalig onderwijs kunnen kiezen. En wil je wat in de sport, dan kun je naar een school waar ze een sportstroom hebben.'

Iedereen begon druk te praten, maar dat wilde juf niet hebben. 'Praten doe je maar in de pauze. We gaan nu begrijpend lezen. Zet de tafels maar in toetsopstelling neer.'

Een beetje mopperig begon de klas aan de tafels te sjorren. Toen de hele klas rustig zat te werken, viel er een klein propje papier op mijn tafel neer. Ik vouwde het open. *Gaan we vanmiddag dan? Boris*

Ja, kom je om 14.00 uur halen, kalkte ik aan de andere kant, vouwde het weer dicht en mikte het op Boris tafel.

Ik keek nog even naar hem en zag, net voordat ik me weer over mijn werk boog, hoe Valerie spottend naar me keek.

Om twee uur stond ik dus met Charlie bij Boris voor de deur. Zijn moeder deed open. Boris kwam met Casper de gang in. Charlie sprong blij op en neer en trok aan de riem. Casper ging plat op de grond liggen toen hij Charlie zag.

'Charlie is de baas,' lachte Boris' moeder.

'Hoezo?' wilde ik weten.

'Als een hond plat op de grond gaat liggen bij het zien van een andere hond, dan onderwerpt hij zich.'

'O,' zei ik.

'Casper was het laatste hondje uit het nest,' vertelde Boris' moeder, 'en de fokker had al gezegd dat het een schuw beestje was.'

Even later wandelden Boris en ik naast elkaar met onze honden in de richting van het park.

We zeiden bijna niks tegen elkaar. Ik wilde net naar Valerie en Nigel vragen, toen er geroep achter ons klonk. 'Hé, Fleur, Boris!'

Ik draaide me om en zag Desirée en Mandy aan komen fietsen. Toen ze bij ons waren, stopten ze.

'Wat een leuke hondjes.' Mandy bukte zich om Charlie te aaien.

Ik baalde als een stekker. Morgen zou de hele school weten dat wij hier samen gelopen hadden. Ik hoorde ze al roepen: Fleur die gaat met Boris, Fleur die gaat met Boris.

'Nou, zeg op van Nigel en Valerie,' snauwde ik, toen Mandy en Desirée doorgefietst waren.

'Waarom ben je nou boos?' vroeg Boris.

'Daarom!' zei ik hard. 'Nou zeg op!'

'Nee.' Boris tilde Casper op. 'Ik ga naar huis.' En hij ging er op een holletje vandoor.

Ik riep hem nog na: 'Sorry, ik meende het niet zo!' Maar Boris rende door alsof hij door een tijger achterna werd gezeten.

Donderdag 17 januari

Het was vandaag een vreselijke dag met heel veel gedoe.

De hele klas wist dat Boris en ik samen de honden hadden uitgelaten. Desirée en Mandy hadden het natuurlijk meteen doorgekletst. Gisteravond al op msn en vanochtend was dus de hele klas op de hoogte.

Ze stonden in een grote kring, toen ik een paar minuten voor de bel zou gaan het schoolplein opfietste. Ik was expres zo laat mogelijk gegaan.

Toen ik mijn fiets had weggezet en het plein opslenterde, schreeuwde Driekus: 'Daar is je nieuwe vriendin, Boris!' Zijn stem schalde over het schoolplein. 'Je wordt een echte player, man! Eerst Cilla en nu Fleur. Heb je het eigenlijk wel uitgemaakt met Cilla of vreet je van twee walletjes?'

Boris stond een beetje onnozel te kijken en haalde zijn

schouders op. 'Fleur is boos,' zei hij toen.

Ik kon wel door de grond zakken.

'Ben je boos, Fleur? Hé Fleur, ben je boos op je schatje?'

'Houd je kop, Driekus.' Ik had zin om hem een enorme dreun op dat stomme gezicht van hem te geven.

Hij lachte. 'Je hebt gelijk, Boris, Fleur is boos.' Hij greep Boris vast. 'Zoen het maar lekker af, dat helpt.'

Boris spartelde tegen.

Sjoerd, Onno en Dennis schoten Driekus te hulp en met z'n vieren duwden ze hem in mijn richting.

'Nee, ik wil niet!' schreeuwde Boris. En hij probeerde zich los te rukken, maar ze hielden hem meedogenloos vast.

Boris bewoog wild zijn hoofd van links naar rechts. Het was een akelig gezicht.

Ik stond als versteend en keek hulpzoekend rond naar Mirte en Bente en Yasmine, die met z'n drieën bij elkaar stonden te smoezen. Ze keken even mijn kant op, maar keken meteen weer weg, toen ze zagen dat ik keek.

Opeens schoot Cilla naar voren. 'Houd op,' schreeuwde ze, 'laat hem los!' En ze bonkte met haar vuisten eerst op Driekus' rug en toen op die van Dennis. 'Jullie weten toch dat Boris flipt als je hem vasthoudt?!'

Totaal overdonderd lieten Driekus en Dennis Boris los, die van de gelegenheid gebruik maakte om zich aan de greep van Sjoerd en Onno te ontrukken. Hij rende in paniek over het plein terwijl hij, heel gek, met zijn handen fladderde. Hij zigzagde tussen alle spelende kinderen door. Het zag er zo akelig uit, dat niemand lachte. Alleen Driekus grijnsde een beetje dom.

Ik draaide me om en rende de school in. Op de wc moest ik huilen.

Toen de bel ging, plensde ik wat water over mijn gezicht en ging naar het lokaal. Boris was er nog niet. Door het raam zag ik hem nog steeds rennen en fladderen. Juf Marian zag het nu ook en ze vloog naar buiten

Iedereen, behalve Cilla en ik, verdrong zich voor het raam om te kijken.

Toen juf Marian weer in het lokaal kwam, zag ze er verhit uit. 'Wat hebben jullie met Boris gedaan?' riep ze uit. 'Hij is helemaal overstuur. Driekus, Dennis, Sjoerd en Onno, melden bij meester Wim!'

Net goed, dacht ik. Meester Wim is de directeur van de school en als je naar hem gestuurd wordt, is het niet te best.

'Maar...' begon Driekus.

'Wegwezen!' zei juf strak. 'Voordat ik je iets aandoe. Hoe kúnnen jullie, terwijl jullie weten wat er met Boris aan de hand is?'

De vier jongens verlieten het lokaal.

'Gaan jullie maar stillezen, met de nadruk op stil. Ik wil niemand horen.' Juf Marian ging achter haar bureau zitten. 'Het valt me ontzettend van jullie tegen dat jullie dit hebben laten gebeuren.'

Bente stak haar vinger op. 'Cilla heeft Boris geholpen, juf. Ze heeft Driekus gestompt en zo en gezegd dat hij op moest houden.'

Juf Marian glimlachte even naar Cilla. 'Goed zo, ik ben blij dat er tenminste één kind in mijn klas zit dat een beetje gezond verstand heeft.'

Toen begon Cilla te huilen.

Juf Marian liep naar haar toe en sloeg haar arm om Cilla heen. 'Ga maar even wat water drinken.'

Onderdrukt snikkend liep Cilla de klas uit.

Ik stak ook mijn vinger op. 'Mag ik...?' Ik maakte mijn zin niet af.

Juf Marian knikte.

Ik schoot achter Cilla aan de klas uit. Bij de wc bleef ik staan. 'Cilla, doe eens open!' Ik klopte op de deur.

Er gebeurde niets.

'Cilla!' Ik klopte nog een keer.

Stilte.

'Ik ben het, Fleur.'

Het slot werd omgedraaid en de deur ging langzaam open. Ik zag Cilla's behuilde gezicht.

'Kom op.' Ik klopte haar een beetje onhandig op haar schouder. 'Je hebt het hartstikke goed gedaan. Die stomme Driekus schrok zich dood en Dennis ook.'

Cilla lachte een beetje door haar tranen heen. 'Ja?'

'Natuurlijk. Juf zei het toch ook?' Ik voelde me eigenlijk best schuldig omdat ik Boris niet geholpen had. Dit was de zoveelste keer dat ik Boris zo stom behandelde. Boris was natuurlijk wel vreemd en zo, maar zo heel erg was hij nu ook weer niet, als je hem een beetje beter leerde kennen. We rekenden best goed samen.

'Waarom deed je het eigenlijk?' vroeg ik.

'Gewoon.' Cilla haalde haar schouders op. 'Boris kan het toch niet alleen?'

'Waarom heb je het eigenlijk nog niet uitgemaakt met hem?'

'Dan raakt Boris in verwarring en hij was zo blij toen ik hem vroeg. Hij voelde zich vereerd, zei hij.'

Opeens schaamde ik me nog veel meer. Sharon had Cilla weliswaar gedwongen verkering te vragen aan Boris, maar ík had niks gedaan om het te voorkomen. Ik had helemaal geen rekening met Boris' gevoelens gehouden. Ik had toch kunnen zeggen dat we zoiets niet met Boris uit konden halen?

'Wil je een poosje mijn vriendin zijn?' onderbrak Cilla mijn gedachten. 'Zolang je ruzie hebt met de andere meiden.'

Ik wilde zeggen dat ik geen ruzie met de andere meiden had, maar toen zag ik Mirte, Bente en Yasmine weer voor me, zoals ze met z'n drieën hadden staan smoezen.

'Goed,' zei ik. 'Maar ik heb niet zoveel tijd omdat ik moet turnen.'

'Dat is niet erg.' Cilla snoot haar neus en toen gingen we samen weer naar ons lokaal, waar iedereen onder doodse stilte zat te lezen.

Na een minuut of tien zag ik Boris' moeder het schoolplein opkomen. Juf Marian ging weer de klas uit.

Meteen begon een aantal kinderen met elkaar te fluisteren. Toen juf Marian weer terug was, vertelde ze dat Boris met zijn moeder mee naar huis was en dat hij misschien wel naar een andere school zou gaan. Een school voor speciaal onderwijs, waar de kinderen in kleine groepjes les kregen.

Boris' moeder had gezegd dat dat misschien beter voor Boris zou zijn.

Juf Marian bleef de hele dag een beetje stil en verdrietig. Wij waren van schrik ook stil. Driekus, Roel, Dennis en Onno moesten de hele dag bij meester Wim strafwerk maken.

Vlak voor drie uur zei juf Marian dat we allemaal na moesten denken over ons gedrag van de laatste weken, over de ruzies in de klas en ook over Boris. Juf zei dat ze hoopte dat Boris bij ons op school het jaar af kon maken, maar dat dat aan onze inzet zou liggen.

Toen ik thuis was, stuurde Mirte mij een sms'je met *sorry*, maar ik had geen zin om te reageren.

Vrijdag 18 januari

Juf Marian zei vanochtend dat ze met ons wilde praten. Dat hebben we dus gedaan tot de pauze van tien uur. Meester Wim was er ook bij. Hij kwam binnen, met een paar grote kannen limonade en stroopwafels. We moesten in de kring gaan zitten en hij en juf Marian zorgden ervoor dat iedereen een bekertje limonade kreeg en een stroopwafel. Dat was wel cool.

Het gesprek ging over je veilig voelen in de groep, rekening  houden mét en respect hebben vóór elkaar. Het was muisstil.

Juf Marian zei dat het wel vaker gebeurde dat er in groep 8 problemen kwamen, omdat kinderen dan in de puberteit raakten. Althans sommigen al wel en anderen nog niet. Nou ja, de make-updozen zijn natuurlijk allang ongesteld en Sharon en Yasmine ook, maar verder nog niemand, volgens mij.

We hadden het dus over de puberteit en wat er dan veranderde, lichamelijk, maar ook in je hoofd.

Meester Wim vertelde dat je je soms heel rot kon voelen en ook dat vrienden steeds belangrijker werden. Hij vertelde dat kinderen in de puberteit altijd bang waren om buiten de groep te vallen en zo en dat er daarom ook ruzies waren. Dat vriendengroepjes soms zomaar uit elkaar vielen. Dat dát niet zo erg was, als je maar respectvol naar anderen bleef.

Toen vroeg juf Marian of iemand wat wilde zeggen over de dingen die er allemaal gebeurd waren.

Bijna iedereen wilde wel wat zeggen. Het werd een heel uitgebreid gesprek waarin we het over de sfeer in de klas hadden en hoe we die konden verbeteren.

Driekus, Roel, Onno en Dennis zeiden dat ze er spijt van hadden dat ze Boris zo gepest hadden en dat ze niet wilden dat hij van school zou gaan. Dat ze vanmiddag na school bij hem langs zouden gaan om hun excuus aan te bieden.

Sharon zei dat het haar speet dat ze zo stom tegen mij had gedaan en ik zei dat het me speet dat ik tegen haar gesnauwd had. En toen boden Mirte, Tess, Bente en Yasmine ook hun excuus aan.

Vooral Mirte schaamde zich helemaal dood. 'Ik weet niet waarom ik zo stom deed,' zei ze een beetje hulpeloos. 'Het kwam per ongeluk. Ik wilde je wel helpen gisteren, maar ik was bang voor de anderen, geloof ik. Ben je boos?'

Ik wilde er niet meer aan denken hoe akelig ik me gisteren gevoeld had, toen Mirte alleen maar naar me had gekeken. 'Nee,' zei ik.

Als laatste begon juf Marian nog over het conflict tussen ons en de make-updozen, of dat nu ook bijgelegd kon worden. Dat vond ik een lastige, want Valerie had mijn Nigel inge- pikt. Nou ja, niet echt míjn Nigel natuurlijk en hij had zich ook láten inpikken, maar toch.
'Goed,' zei ik toch maar. De andere meiden, Sharon, Tess, Bente, Yasmine en Mirte, vielen mij bij. Dat voelde meteen weer heel vertrouwd. Wij met z'n allen.
Ook de make-up dozen knikten.
Bente vroeg aan Valerie of zij ook spijt had van dat gedoe met Boris toen in onze kleedkamer.
'Ja,' zei Valerie.
Maar volgens mij zei ze dat omdat ze niet anders kon. Volgens mij had ze helemaal geen spijt.
'Hè,' zei juf Marian toen, 'fijn dat de lucht is geklaard. Dan krijgen we het tot de zomervakantie echt gezellig. Ik zal vanavond Boris' moeder bellen om te vertellen wat wij van- daag hebben besproken en ook om te vertellen dat de sfeer in de klas een stuk zal verbeteren.'
'Al een stuk verbeterd is,' merkte meester Wim op. 'Zeg er maar bij dat deze klas vanaf nu een écht veilige plek aan Boris kan bieden.'

Zaterdag 26 januari

Vanochtend weer een turnwedstrijd gehad, hier vlak in de

buurt. Ben weer derde geworden. Superdesuper.

Toen ik weer thuis was, ben ik met Charlie naar Boris gewandeld om hem te vragen of hij meeging met Casper. Boris helemaal blij.

Op school gaat het nu gelukkig veel beter met hem, nu Driekus hem met rust laat. Het gaat sowieso veel beter in de klas, alleen blijf ik Valerie onuitstaanbaar vinden met haar geflikflooi met Nigel.

Ik was natuurlijk toch heel nieuwsgierig wat Boris over hen te vertellen had, maar dat wilde ik niet al te erg laten merken. We wandelden dus eerst zo maar een beetje rond.

'Wil je het nu van Nigel vertellen?' vroeg ik toen.

'Ben je nog steeds op hem?' Boris keek me van opzij aan.

'Een beetje nog.' Dat was ook zo. Sinds al dat gedoe was mijn verliefdheid steeds een beetje minder geworden.

'O.' Boris trok zijn schouders op alsof hij het koud had. 'Mag ik een keer bij een wedstrijd van je komen kijken?'

'Als je dat leuk vindt.'

Boris knikte.

'Er zijn nog een paar kinderen uit de klas die mee willen, misschien kunnen jullie dan een keertje samen gaan.'

'Nigel heeft verkering met Valerie om haar vader,' zei Boris opeens.

'Hè?' Niet begrijpend keek ik hem aan. 'Hoezo?'

'Nou, Valeries vader is immers trainer. Daarom konden we aan het eind van groep 7 naar die voetbalwedstrijd.'

'Ik niet,' zei ik een beetje zuur.

'Nee, nou, maar de anderen dus wel.'

'En Nigel gaat met Valerie omdat hij hoopt dat hij op die

manier getraind gaat worden door haar vader?' vroeg ik ongelovig.

'Neehee, natuurlijk niet. Nigel hoopt dat hij op die manier in de jeugdselectie komt,' legde Boris uit.

'Hoe weet jij dat nou?' vroeg ik.

'Ik weet het niet, ik denk het.'

'Dus misschien is het niet waar?'

Boris schokschouderde. 'Misschien niet, maar ik hoorde Nigel en Thijs erover praten.'

'Wat zeiden ze dan?'

'Nigel zei een poos geleden tegen Thijs dat hij het toch maar gedaan had. Dat hij nu verkering met Valerie had en dat zij aan haar vader zou vragen of hij in de selectie kon.'

'Wat raar,' zei ik. 'Voor een selectie moet je gevraagd worden.'

'Nou, dat kan Valeries vader dan toch doen,' meende Boris. 'Misschien vraagt hij Nigel wel.'

'Zeker omdat hij het vriendje van zijn dochter is,' spotte ik. 'Dat kan toch helemaal niet. Je moet gewoon goed zijn, anders wordt het toch niks.'

Boris bukte zich om Casper te aaien. 'Als ik bij jou kom kijken, dan neem ik een spandoek mee met *Hup Fleur* erop.'

Ik zag al helemaal voor me hoe Boris op de tribune zou zitten met zijn spandoek met *Hup Fleur* erop. Ik zou van ellende vast van de balk vallen.

'Spandoeken mogen bij turnen niet,' verzon ik maar gauw.

'Niet? Waarom niet?' wilde Boris weten.

'Dat leidt de turnsters teveel af,' bedacht ik. 'Dan maken ze wiebels op de balk, snap je?'

'Jammer,' vond Boris.

We zwegen een poos. Ik dacht aan Nigel en aan wat ik net gehoord had. Zou Nigel werkelijk verkering hebben genomen om in de selectie te komen? Dat was toch belachelijk! Zo werkte het helemaal niet en dat wist Valerie natuurlijk best. En Nigel zelf kon toch ook niet zo ongelooflijk onnozel zijn om daar in te trappen? Maar stel dat het toch waar was. Valerie werd ongelooflijk verwend door haar ouders. Een laptop met draadloos internet op haar kamer en een giga plasma tv. De laptop had ze een keer voor haar rapport gekregen en de tv voor haar laatste verjaardag. Misschien dat haar ouders wel alles deden wat ze wilde…

Dinsdag 29 januari

Nog twee weken en dan begint de Cito-toets. Iedereen wordt nu toch wel echt heel zenuwachtig. Juf zegt bijna elke dag wel een keer dat dat niet hoeft, omdat de Cito-toets helemaal niet zo belangrijk is. Haar advies is het belangrijkst.

'Een beetje spanning is goed,' zei ze, 'dat maakt dat je beter presteert.'

'Maar als je het nu verknalt?' vroeg Tom.

'Dat is dan jammer, maar dan schrijf ik in de papieren voor je nieuwe school dat je normaal beter presteert,' antwoordde juf Marian.

Daarna bedachten we samen met juf tips om de Cito-toets zo goed mogelijk te maken. Juf schreef ze allemaal op het bord. Hier komen ze:

TIPS

Blijf ontspannen en vermijd paniek. Paniek levert niets op en al helemaal geen goede antwoorden! (tip van juf)

Overtuig je ouders ervan dat je beter werkt op je lievelingskostje. Dat betekent in elk geval pizza, pasta, patat of wat je maar wilt. (tip van Nigel)

Ga 's avonds op tijd naar bed. (tip van Cilla)

Ontbijt in elk geval, anders kun je niet goed denken. (tip van mij, ahum)

Lees de vraag grondig. Probeer eerst het juiste antwoord te bedenken zonder naar de gegeven antwoorden te kijken. Kijk daarna pas naar de antwoorden op de toets en kies het antwoord uit dat past bij wat jij al bedacht had. (tip van juf)

Controleer je antwoorden altijd. (tip van David)

Zet bij twijfel een potloodstreepje bij de betreffende vraag. Daar kijk je later nog een keer naar. (tip van Tess)

Moet je gokken, gok dan slim en niet in het wilde weg. Meestal is een van de vier antwoorden helemaal belachelijk. Schrap dat. Nu heb je er nog drie. Meestal is er nog wel een waarvan je denkt: dat is het vast niet. Schrap dat ook. Maak nu tussen de twee overgebleven antwoorden je keuze. (tip van juf)

Vul altijd een antwoord in. Bij de Cito heb je altijd nog 25% kans dat je goed gokt. (tip van Yasmine)

'Nog meer goede tips?' Vragend keek juf Marian de klas rond.

Sommige kinderen bedachten nog iets, maar dat was eigelijk hetzelfde als wat er al op het bord stond.

'Nou, dan is de lijst wel compleet.' Juf Marian legde haar krijtje neer. 'Zijn er nog vragen?'

'Mogen we kauwgom kauwen?' vroeg Sybrand.

Iedereen keek hem stomverbaasd aan. Kauwgom kauwen is in onze school ten strengste verboden.

'Ja,' begon Sybrand. 'Britse onderzoekers hebben ontdekt, dat je slimmer wordt door kauwgum.'

'Dan heb jij zeker je hele leven alleen maar kauwgom gekauwd,' veronderstelde Tom.

'Ja juf,' zei Nigel, 'dan moet je het ons wel toestaan. Je wilt toch graag dat wij slimmer worden?'

Juf Marian lachte. 'Vertel eerst maar eens verder Sybrand, over dat onderzoek.'

'Volgens dat onderzoek worden de cognitieve taken van het brein zoals denken en onthouden, positief beïnvloed door de kauwbewegingen. Dat komt volgens de onderzoekers doordat de voortdurende kauwbeweging de hartslag versnelt, waardoor er vervolgens meer zuurstof en insuline in de hersenen komen. En dat heeft een positief effect op het geheugen,' legde Sybrand uit.

Iedereen zat hem een beetje wazig aan te kijken.

Ik wist wel dat Sybrand slim was, net zo'n nerd als David, maar dit was wel heel nerderig.

'Hiep hiep hoera voor Sybrand,' begon Sharon en ze klapte in haar handen.

Ook de anderen begonnen 'hoera voor Sybrand' te roepen.

'Mag het, juf?' vroeg Sharon, toen het weer rustig was. Een aantal kinderen viel haar bij.

'Ik zal het overleggen met meester Wim,' beloofde juf Marian. 'Ik moet zeggen dat ik wel gevoelig ben voor het argument dat het goed is voor het geheugen en ik heb ook een keer gelezen dat kauwgom helpt stress te voorkomen.'

'Misschien helpt het ook wel paniek te vermijden,' veronderstelde Tess, doelend op de eerste tip van juf. 'Want hoe doe je dat anders, paniek vermijden?'

'Door te bedenken dat paniek niets oplevert,' zei juf.

Ik zat een beetje te draaien op mijn stoel. Zou ik zeggen wat Alma's tip was? Een beetje aarzelend stak ik mijn vinger omhoog.

'Mijn trainster zegt dat je je moet concentreren op de ademhaling in je buik,' begon ik.

'Buik?' Valerie trok haar wenkbrauwen hoog op. 'Wie ademt er nou in zijn buik?'

'Als het goed is, iedereen.' Juf Marian knikte me toe. 'Vertel verder, Fleur.'

Ik kuchte een keer. 'Je moet even helemaal stil staan of zitten, schouders losmaken en denken aan je ademhaling. Inademen door je neus, buik bol maken en uitademen door je mond. Daar word je rustig van.'

'Echt?' Nigel draaide zich naar me toe.

Ik knikte.

'Laten we het allemaal maar eens proberen,' stelde juf voor. 'Ga allemaal maar staan.'

De hele klas kwam overeind.

'Oké, monden dicht en ontspan,' zei juf Marian. 'Schouders losschudden en concentreer je op je ademhaling. Inademen door je neus, buik bol en weer uitademen.'

Ik keek stiekem even de klas door. Het was een grappig gezicht iedereen zo te zien staan.

'Dit kunnen jullie dus doen als de zenuwen te erg worden,' zei juf. 'Nogmaals, ik weet allang wat iedereen waard is, dus maak je niet druk.'

Tja, dat zal ik dan maar proberen!

Dinsdag 5 februari

Ik ben naar de open dagen van drie verschillende scholen geweest. De eerste was het Johannes Vermeer College.

Ik vond het maar een saaie en strenge school. We moesten eerst naar een praatje luisteren van een man met een kaal hoofd. Hij zei een heleboel en ook dat ze heel 'kindvolgend' waren. Ik vroeg me af wat die kale man daarmee bedoelde. Mirte, die er ook was, dacht dat de kinderen daar de hele dag gevolgd zouden worden zodat ze geen stoute dingen konden doen. In elk geval, deze school wordt het zeker niet.

De tweede was het P.C. Hooft College. Hier waren heel veel kinderen uit mijn klas. We werden ontvangen door de rector, die ons een hand gaf en ons welkom heette. Hij was nog jong en hij leek me echt aardig.

Op de trap in de hal stonden allemaal kinderen liedjes uit de top veertig te zingen. De dirigent zag er jongensachtig en sportief uit. De rector vertelde dat dat het brugklaskoor was. Het klonk echt goed en ik kreeg zin om mee te zingen. Samen met Mirte, Sharon, Tess, Bente, Yasmine en Cilla liep ik door de school. Het was echt een leuke school met heel veel jonge leraren. Vet gezellig. Als ik niet turnde, ging ik hier naartoe. Zeker weten.

Vanavond ben ik bij de derde geweest, dat was het Martinus College, een school in de plaats waar ik na de vakantie misschien naartoe ga. Die school is een Loot- school. Loot betekent Landelijk Overleg Onderwijs en Topsport. Op zo'n school is een speciale studie- en sportcoördinator die je leerprogramma afstemt op je sportprogramma. Britt was er niet, want alhoewel ze steeds beter turnt, is ze ervan overtuigd dat ze het toch niet gaat redden.

Natuurlijk hebben we ook met die coördinator gesproken en hij vertelde dat ik bepaalde vakken niet volledig hoefde te volgen en dat ik mijn huiswerk en bepaalde toetsen mag uitstellen als ik training of wedstrijden heb. Wel heel cool natuurlijk.

De school zag er mooi uit. Alle lokalen waren geschilderd in verschillende kleuren. Op de muren in de gangen waren schilderingen gemaakt.

De leraren leken best aardig, maar ja, ik kende er natuurlijk niemand. Andere kinderen liepen gezellig met elkaar te kletsen en ik was alleen. Mama zei dat er vast meer kinderen waren zoals ik, die aan het begin van een nieuw schooljaar in een gastgezin kwamen, maar ik zag ze niet.

Ik weet het niet hoor. Moet ik helemaal in mijn eentje hier naartoe. Ga iedereen vast en zeker heel erg missen. En ik kan, denk ik ook niet zonder Charlie, mijn ouders en oma.

Papa en mama zagen wel dat ik niet bepaald enthousiast was en ze zeiden dat ik nog rustig een aantal maanden kon denken. Ze zouden me voor deze school opgeven en voor het P.C. Hooft College. Dan kan ik bij wijze van spreken in juni nog kiezen.

Wordt hééééél moeilijk, dat weet ik nou al, alhoewel, turnen is mijn leven…

Dinsdag 12 februari

Toen ik wakker werd, wist ik meteen wat er vandaag ging gebeuren. De Cito-toets. In drie ochtenden moeten we tweehonderd vragen gaan maken. Tweehonderd! Ik kreeg acuut een eng gevoel in mijn buik. Tijdens het ontbijt kon ik geen hap door mijn keel krijgen. Oma had heerlijke warme broodjes uit de oven en vers geperst sinaasappelsap. Ik mag drie dagen lang bepalen wat we eten, maar als die akelige knoop in mijn maag blijft, heb ik er weinig aan. Van mama moest ik een beetje eten.

Ze maakte een bakje yoghurt met muesli voor me, omdat dat volgens haar "lekker makkelijk naar binnen hapt".

Ik vond dat zelf nogal tegenvallen omdat de stukjes muesli af en toe in mijn keel bleven steken.

Toen we de school in kwamen hingen overal bordjes met STILTE CITO-TOETS GROEP 8. Andere jaren hadden we die natuurlijk ook altijd gezien, maar toen we hadden ons er niet veel van aangetrokken. Nu was dat anders.

In het lokaal stonden de tafels al in toetsopstelling en er liepen een paar mannen bedrijvig rond met grote camera's.

Juf Marian vertelde dat op de regionale televisie elke avond een stukje Cito-nieuws zou komen en dat wij drie dagen gevolgd zouden worden.

Valerie en haar clubje vlogen meteen naar het toilet om te kijken hoe ze eruit zagen. Ik kon me helemaal voorstellen wat ze daar gingen doen. Haren kammen en make-up bijwerken.

Nigel, Tess, David en ik werden heel kort geïnterviewd door een meneer met een enorme snor. Hij vroeg ons alle vier of we zenuwachtig waren. David natuurlijk niet, want die weet sowieso alle vragen, maar wij drieën dus wel. De meneer vroeg ook of wij al wisten naar welke school we gingen. Wij zeiden dat we al wel het niveau wisten dat we waarschijnlijk gingen doen, maar nog niet de school. Nou ja, David wel, die gaat naar het Stedelijk gymnasium

Toen wenste de meneer ons veel succes en sterkte en ging juf Marian interviewen. Hij vroeg haar hoe belangrijk de toets was.

'Helemaal niet zo belangrijk,' zei juf Marian. 'Van de meeste kinderen weten we allang wat ze aankunnen.'

'Waarom wordt de Cito-toets dan eigenlijk nog afgenomen?' vroeg de meneer.

'Omdat het goed is, dat er toch nog een soort van controle

is,' legde juf Marian uit. Ze zei nog een heleboel meer, maar dat vond ik allang niet meer interessant.

Vlak voor we zouden beginnen, het was al bijna negen uur, stak Valerie haar vinger op. 'Worden steeds dezelfde kinderen geïnterviewd of kiezen ze steeds andere?'

'Geen idee,' antwoordde juf Marian.

'Nou, maar ik zou het gemeen vinden als het steeds dezelfden waren. Ik...'

'Valerie, het lijkt me zinvol als je je nu gaat concentreren op je toets die zo meteen gaat beginnen, in plaats van op de vraag of je wel of niet op televisie komt.'

Ik lachte stiekem. Net goed.

Juf Marian begon met het uitdelen van kleine pakjes kauwgom. 'Cadeautje van de school,' legde ze uit. 'Meester Wim heeft gezegd dat kauwgom kauwen bij de Cito-toets van groep 8 verplicht wordt gesteld. Met dank aan Sybrand.'

Iedereen vond het een supergoede actie, behalve Boris.

'Maar ik lust geen kauwgom.' Hij keek helemaal verschrikt.

'Dan moet ik overgeven.'

'Grapje joh,' zei ik tegen hem. 'Natuurlijk is het niet verplicht!'

'Een vriendelijk verzoek,' zei juf Marian, 'en dat is, dat je je uitgekauwde kauwgom in de prullenbak deponeert en niet onder je tafel of stoel plakt. Afgesproken?'

Iedereen knikte.

We begonnen met taal. Juf deelde de opgavenboekjes uit en op haar teken deden we ze open. Ik vond het niet moeilijk, eigenlijk wel heel gemakkelijk. Na dit onderdeel, mochten we pauzeren. De meeste kinderen hadden iets van snoep bij zich. Dat mag normaal niet, maar wel altijd met de Cito.

Daarna kregen we rekenen. Toen ik de opgaven zag, brak het benauwde zweet me uit. Wat moeilijk! Veel en veel moeilijker dan de andere jaren. Echt wel! Ik snapte er helemaal niks van.

Ik zocht een opgave die ik wel kon maken, maar vond er eerst geen een. Eindelijk had ik er een te pakken. Daardoor kreeg ik weer een ietsepietsie zelfvertrouwen. Eigenlijk was het niet eens zo moeilijk, als je de opgave eenmaal maar begreep. Langzaam herinnerde ik me weer de tips voor het maken van de Cito en ging het beter.

Echt geweldig deed ik het niet, maar ik had in elk geval een aantal opgaven goed.

Omdat onze school ook meedeed aan het niet verplichte Cito-onderdeel, wereldoriëntatie, kregen we dat nog na het rekenen. Eerst gingen we een kwartier buitenspelen. We raakten natuurlijk niet uitgepraat over de toets.

Wereldoriëntatie ging hartstikke goed. Vet gemeen dat dat nu net niet meetelt. Slaat nergens op.

Woensdag 13 februari

Vanochtend waren die mannen van de regionale televisie er weer. We hadden gisteravond natuurlijk allemaal gekeken. Papa, mama en oma waren hartstikke trots op me.

David, Nigel, Tess en ik werden weer geïnterviewd. Hoewel ik het ook eerlijker had gevonden als er nu een paar andere

kinderen aan de beurt gekomen waren, had ik LOL om het verontwaardigde gezicht van Valerie. De cameraman nam wel een paar shots van de hele klas, net zoals gisteren, dus misschien is Valerie vanavond op tv te zien.

We begonnen met studievaardigheden. Dat gaat over informatiebronnen, zoals het woordenboek, de encyclopedie en het telefoonboek, en over kaartlezen. Ik had gedacht dat dit onderdeel niet zo moeilijk zou zijn, maar dat viel smerig tegen. Ik weet eigenlijk niet hoe ik dit gemaakt heb. Toen we even mochten pauzeren, bleken Mirte en Cilla het ook heel erg moeilijk gevonden te hebben, maar Sharon en Yasmine vonden het een makkie.

Daarna kwam rekenen. Tot mijn opluchting was het dit keer niet moeilijk en ook wereldoriëntatie viel mee. Een goede dag dus.

's Middags ging ik naar turntraining. Ik was gisteren niet geweest om goed uitgerust voor de Cito-toets te zijn, maar ik had het echt gemist.

Britt en Nicky hadden ook de Cito-toets gemaakt en we vergeleken de antwoorden op de opgaven. Dat was niet zo handig, want op sommige opgaven hadden we alledrie iets anders en daar werden we dus doodzenuwachtig van.

Alma zei dat we de Cito nu maar even moesten laten rusten en ons moesten richten op onze turnoefeningen. We mochten dit keer niet in ons eigen groepje turnen, maar we moesten allemaal apart in een groepje met jongere kinderen. Niet voor straf, volgens Alma, maar omdat dat nu even beter voor ons was. Stom!

Donderdag 14 februari

Vandaag was het Valentijnsdag en ik heb twee kaarten gekregen. Daarover zo meer.

Nu eerst over de Cito-toets. Het was de derde en laatste dag. De regionale televisie was weer op school om opnames te maken. Het wordt al helemaal gewoon om 's morgens met een interview te beginnen. Gisteravond was het ook weer heel leuk om de opnames van de klas te zien op tv. Ik was close up in beeld en Valerie maar heel even, samen met nog een aantal kinderen uit de klas. Ik kon me helemaal voorstellen dat Valerie knarsetandend had gekeken.

We hadden vandaag eerst taal, toen rekenen en als laatste wereldoriëntatie. Eigenlijk vind ik de Cito best leuk. Alleen rekenen niet. Dat was dit keer ook weer echt moeilijk.

Toen ik thuiskwam uit school om drie uur, lagen er twee enveloppen op de kast met mijn naam erop. Een roze met hartjes en een zacht oranje met fijne glittertjes.

'Heb je meer dan één aanbidder?' vroeg oma.

'Misschien.' Met kloppend hart pakte ik de enveloppen op en bekeek ze van alle kanten. Er stond geen afzender op.

'Maak je ze niet open?' Oma kwam bij me staan.

'Straks.'

Oma lachte. 'Ik hoef het niet te weten, hoor.'

Maar volgens mij was ze heel nieuwsgierig, want ze bleef me in de gaten houden. Ik nam de enveloppen mee naar mijn kamer. Daar scheurde ik de zacht oranje met glittertjes envelop open. Er kwam een prachtige kaart uit, ook zacht oranje met een knaloranje hart, met daarin geschreven: LOVE YOU.

Ik deed hem open en aan de binnenkant was een getypt briefje geplakt, waarop stond:

Lieve Fleur,

Mijn liefde voor jou is geheim,

en dat doet best wel pijn.

Maar eens komt de dag dan ben ik van jou.

Dan blijf ik je altijd trouw

Verbaasd las ik het gedicht over. Was dit van Nigel? Was hij dan toch op mij? Ik wist niet meer wat ik ervan denken moest.

Uit de tweede envelop kwam een roze kaart met daarop twee hondjes. Degene van wie de kaart afkomstig was had een wolkje bij het ene hondje getekend met daarin de tekst: *Wandelen met jou is zóóóó leuk!*

Er stond verder ook geen naam bij, maar dat was natuurlijk niet zo moeilijk te raden.

Ik pakte de eerste kaart weer. Zou Nigel echt, om in de selectie te komen, verkering hebben genomen met Valerie? Sommige jongens waren bloedfanatiek als het om voetbal ging, dat wel. Ik moest denken aan de film *In Oranje* waarin de hoofdpersoon, die net als Nigel voetbal vet belangrijk vindt, verkering neemt met de dochter van de apotheker om op die manier aan pijnstillers te komen omdat hij een of andere blessure heeft. Het kón dus wel. Maar dan vond hij voetbal dus belangrijker dan mij. Stom joch...

Vrijdag 15 februari

Vandaag was weer een gewone schooldag. Geen cameraploeg in de klas en geen Cito-toets. We gingen de toets eerst een beetje nabespreken met juf. Of we het moeilijk vonden en zo. Dat verschilde nogal. Sommige kinderen, zoals Sybrand en David vonden het heel gemakkelijk (is ook geen kunst als je een nerd bent), maar Dennis bijvoorbeeld, die heel dyslectisch is, had het supermoeilijk gevonden.

Mandy wilde weten met welke score je naar de havo kon.

'Met een score vanaf 537 punten ongeveer,' zei juf, 'maar het is nog belangrijker wat het advies van de basisschool is en dat advies weet je.'

'Ja, havo,' zei Mandy, 'maar ik heb de toets verprutst.'

'Maken jullie je nou maar geen zorgen,' zei juf, 'het komt allemaal goed.'

'Wanneer komt de uitslag?' vroeg ik.

'Over een paar weken,' antwoordde juf.

'In de week van 3 maart,' zei Sybrand. 'Dat las ik in de krant. En ik weet ook met welke scores je waar naartoe kunt,' ratelde hij door. 'Als je lager dan 523 hebt, ga je naar het vmbo-basis beroepsgerichte leerweg. Heb je tussen de 524 en 529 dan ga je naar het vmbo-kader beroepsgerichte leerweg, heb je tussen de 530 en 536 dan ga je naar het vmbo-gemengde/theoretische leerweg. Bij een score tussen de 537 en 544 ga je naar de havo en als je tussen de 545 en 550 punten haalt dan ga je naar het vwo.'

'Hoe weet je dat allemaal?' vroeg Steven vol ontzag.

'Stond ook in de krant.'

'Kun je het herhalen?' vroeg ik, terwijl ik een pen en een kladblaadje voor me nam.

Sybrand begon opnieuw.

Er waren meer kinderen die het opschreven.

'Je vergeet het gymnasium,' zei Sharon, toen Sybrand klaar was.

'Dat hoort bij het vwo,' legde Sybrand uit.

Juf Marian lachte. 'Wacht het nou maar rustig af.'

'We kunnen moeilijk iets anders,' zei Nigel.

'Ik zal jullie maar een beetje afleiding bezorgen,' zei juf Marian. 'Overleg maar in je groepje welk spel je wilt doen en haal dat maar uit de kast.'

'Levensweg!' gilde Desirée.

'Koehandel!'

Even later was de hele Cito-toets vergeten en was iedereen druk bezig zijn spel zo goed mogelijk te spelen.

Zaterdag 23 februari

De voorjaarsvakantie is begonnen. Gisteravond ben ik met Mirte, Tess, Sharon, Bente, Yasmine en Cilla naar de film geweest. Ik mocht hen van papa en mama uitnodigen, omdat ze vonden dat ik hard gewerkt had de afgelopen maanden.

Papa en mama waren ook mee, maar die zaten ergens ach-

ter in de zaal, terwijl wij in het midden zaten. Eigenlijk
hadden we alleen gewild, maar dat mocht niet.
Voordeel was wel dat papa een enorme zak snoep kocht die
we met ons zevenen leeg mochten eten.
Schuin voor ons zaten drie jongens van een jaar of veertien
die voordat de film begon, steeds naar ons zaten te gluren.
Daardoor kregen wij de slappe lach.
In de pauze kochten we in de foyer iets te drinken en een
paar grote bakken met popcorn.
De drie jongen stonden er ook. Ze zagen er heel pukkelig
uit.
'Wat een pubertjes,' zei Mirte.
De drie jongens hadden ons nu
ook in de gaten en ze hielden
geen oog van ons af.
'Heb ik soms je luier op m'n
hoofd?' vroeg Sharon aan een van hen.
Ik moest zo erg lachen, dat ik bijna in mijn broek pieste.
De drie jongens staarden een beetje verbluft naar Sharon.
'Hoezo?' vroeg een van hen.
'Omdat je steeds zo naar ons kijkt, dombo!'
'Doe jij altijd zo aardig?'
'Dat ligt eraan.'
De drie jongens kwamen nu bij ons staan. 'Gaan jullie straks
met ons mee iets drinken?'
Ik wilde zeggen dat wij hier met onze ouders waren, maar
Sharon was me voor. 'Dacht het dus niet.' Ze maakte een
afwerend gebaar met haar hand. Het zag er ontzettend
hooghartig uit.

'Waarom niet?' wilden de jongens weten.

'Daarom niet!' Sharon pakte mij en Mirte vast en trok ons met een vaartje mee de foyer uit naar de toiletten. De andere meiden kwamen ons achterna gerend.

In de toiletten schaterden we het uit.

'Mens, ik durf de zaal niet meer in!' hijgde Mirte.

'Als mijn ouders wisten dat ik met vreemde jongens praatte, sloten ze me op.' Yasmine draaide de kraan open om haar handen te wassen.

'Je hebt geen woord tegen ze gezegd,' spotte Sharon.

'Toch sloten ze me op,' hield Yasmine vol, 'alleen al omdat jullie met ze praatten en ik bij jullie was.'

'Ben ik nou gek?' Sharon trok haar wenkbrauwen op. 'Volgens mij was ik de enige die praatte.'

'Ja, hoor.' Tess knikte. 'Yasmine is een stresskip als het om jongens gaat.'

'Haar ouders zijn anders echt streng hoor,' verdedigde Bente haar.

De bel gaf aan dat de pauze was afgelopen en een beetje giechelig liepen we weer naar de zaal.

Mijn ouders zwaaiden en wij zwaaiden enthousiast terug. De drie jongens, die alweer op hun plaats zaten, keken achterom om te zien naar wie wij zwaaiden. Gelukkig ging toen net het licht uit, want ik vond het toch wel erg kinderachtig dat we hier met mijn ouders waren.

Zaterdag 1 maart

De voorjaarsvakantie is alweer bijna voorbij. Natuurlijk heb ik elke dag weer geturnd. Ik ben ook nog een dag samen met Britt en Nicky bij de turnvereniging gaan kijken, waar we misschien na de zomer naar toe gaan. We hebben daar twee keer drie uur getraind. 's Ochtends en 's middags. We hadden een vet strenge trainer, Hans. Ik dacht dat Alma al streng was, maar deze is nog strenger. Hij eist echt je volledige inzet en hij heeft het meteen door als je even je concentratie verliest.

Ik dacht dat mijn balkoefening al heel goed was, maar Hans had nog weer allerlei opmerkingen over mijn houding en zo. Hoe ik mijn schouders moest houden en mijn nek. Ik heb die dag nog wel weer heel veel bijgeleerd, maar ik vond het loeizwaar. Britt en Nicky ook. In de auto terug naar huis waren we alledrie doodmoe.

Ik heb ook nog een keer met Boris en Casper gewandeld. Ik bedankte Boris voor zijn kaart.

'Wil je verkering met me?' vroeg hij toen plompverloren.

'Nee, echt niet,' zei ik. 'Ik ben nog steeds op Nigel. Een beetje.'

'Maar die heeft verkering met Valerie. Dan ga je met mij tot het uit is tussen Nigel en Valerie,' stelde hij voor.

'Nee,' zei ik. 'Echt niet.'

'Wil je er niet eens over denken?' vroeg Boris een beetje zielig.

'Ik heb er al over gedacht,' zei ik vlug, 'maar ik wil niet.'

'Jammer.' Boris keek een beetje treurig. 'Vond je mijn kaart niet mooi?'

'Natuurlijk wel, maar ik ben gewoon niet op je.'

'Ik wel op jou.'

'En Cilla dan?' vroeg ik.

'Dat is uit.'

'Heb je het uitgemaakt?'

'Ja.'

'Maar Cilla is toch aardig?'

'Ja, dat wel.' Boris knikte. 'Maar ik kan toch niet van twee walletjes vreten?'

'Huh?' Verbaasd keek ik opzij.

'Ja, dat zei Driekus immers.'

'Dat is onzin,' legde ik uit. 'Dat is alleen, als je het met twee meisjes tegelijk, écht hebt, maar jij hebt helemaal niet met mij.'

'Nee,' zuchtte Boris.

'Joh, je hebt Casper toch,' troostte ik.

'Daar kan ik toch geen verkering mee nemen?'

'Nee, maar hij is toch wel heel lief?'

Dat beaamde Boris, maar ik kon merken dat hij het een stomme troost vond en dat was het ook. Ik had Charlie en toch was ik nog steeds op Nigel. Een beetje.

Maandag 3 maart

Deze week de uitslag van de Cito-toets, was het eerste wat ik dacht, toen ik vanochtend wakker werd. Spannend. Ben zo benieuwd. Papa, mama en oma natuurlijk ook.

Volgens mij gaat er bij ons wat gebeuren, want ze doen zo geheimzinnig met z'n drieën. Gisteravond, toen ik de kamer binnenkwam om welterusten te zeggen, hielden ze op met praten.

'Waar hadden jullie het over?' vroeg ik nog.

'Over jou natuurlijk, schat.' Papa trok me op schoot en knuffelde me. 'Waar zouden we het anders over moeten hebben?'

Ik vind dat ik te groot word om op schoot te zitten, dus ik sprong snel overeind en aaide Charlie die in haar mand lag te slapen. 'Flauw hoor, waarom mag ik het niet weten?'

Maar ze gaven geen antwoord.

Toen mama me kwam instoppen, probeerde ik haar uit te horen, maar ze liet niets los.

'Je verbeeldt het je maar,' zei ze.

'Helemaal niet,' zei ik.

Om half acht stond ik alweer in de turnzaal mijn oefeningen te doen. Volgende maand heb ik twee plaatsingswedstrijden voor de Nederlandse Kampioenschappen en wel op 6 april en 20 april. Op 18 mei is de derde plaatsingswedstrijd. Op 8 juni is de halve finale en op 22 juni is de finale.

Op school kondigde juf aan dat we komende week een project over de Tweede Wereldoorlog zouden gaan doen. We werden verdeeld in allemaal groepjes. Er was een groepje joden, een groepje verzetsmensen, een groepje NSB'ers, een groepje gewone mensen, een groepje onderduikers, een groepje Duitsers en nog een groepje.

Ik zat samen met Mirte, Boris en Sybrand in een groepje onderduikers. Sybrand weet al heel veel van de Tweede Wereldoorlog, dus dat is handig.

Als groepje kregen we allerlei opdrachten. Verder moesten we een presentatie maken en een kort toneelstukje bedenken.

Vrijdag 14 maart zouden we naar Westerbork gaan en donderdag 20 maart konden 's middags de ouders komen kijken naar de presentaties. Sybrand had meteen het idee om een powerpointpresentatie te doen.

Om één uur, na de overblijf, vroeg David of de post al geweest was.

'Hoezo?' vroeg juf verbaasd.

'Nou, de uitslag van de Cito-toets komt toch deze week?'

Op slag werd iedereen onrustig.

'Stop it!' zei juf. 'Ik snap dat jullie het graag willen weten, maar het komt heus wel. Rustig afwachten.'

In ons groepje werd best goed gewerkt. We moesten een bladzijde uit het dagboek van een onderduiker schrijven. Dat vond ik natuurlijk een heel leuke opdracht, want ik kan goed verhalen schrijven.

Verder werd er natuurlijk veel gekletst en gelachen, maar dat vond juf niet erg.

'Jullie hebben de afgelopen maanden zo hard gewerkt, dat het nu wel even wat minder kan,' zei ze.

Nou, daar hadden wij natuurlijk geen enkel probleem mee. Wat mij betreft mag het zo blijven tot de zomervakantie. Lekker relaxed.

Donderdag 6 maart

Vanochtend zei juf dat we rustig aan het werk moesten gaan. Ze zei dat ze ons om beurten naar de gang zou roepen om de uitslag van de Cito-toets te bespreken. Oeps!

'Denk erom,' zei ze, 'niemand hoeft zijn of haar score in de klas te zeggen.'

Bente was als eerste aan de beurt. Die heet Woltjer van achternaam en daarna ik. (Juf Marian werkt het alfabet de ene keer van voor naar achter en de andere keer van achter naar voor af.) Ik vond het zo ongelooflijk spannend. Ik probeerde wel te werken aan ons project, maar het lukte echt niet.

Na vijf minuten kwam Bente het lokaal in en zei tegen mij dat ik naar de gang moest gaan.

Iedereen vroeg meteen aan Bente wat haar score was.

'544,' zei Bente.

Ze zei het een beetje onverschillig, maar ik zag dat ze trots was. Vet goed. Dat haal ik dus echt niet.

Mijn benen trilden een beetje toen ik de klas uitliep.

Juf Marian zei dat ik naast haar moest gaan zitten. 'Je hebt 535,' zei ze. 'Rekenen was niet zo goed, maar dat compenseer je met taal en studievaardigheden.'

'Kan ik naar een vmbo-tl/havo brugklas?' vroeg ik meteen.

'Absoluut,' zei juf, 'dat is echt geen enkel probleem.'

Ik was zo blij, dat ik de klas bijna in danste. Iedereen keek me afwachtend aan.

'535!' juichte ik.

Van werken kwam niet veel. Iedereen was ontzettend onrustig. De een na de ander verdween naar de gang en kwam weer terug. De een wat stilletjes, de ander uitgelaten. Sommige kinderen wilden hun score niet zeggen. David en Sybrand hadden allebei een score van 550!

Driekus moest als laatste en kwam een beetje bleekjes de klas binnen. Hij wilde eerst niet zeggen wat zijn score was. Dennis, Sjoerd en Onno drongen heel erg aan en toen begon Driekus te huilen.

Het was wel gemeen, maar eigenlijk vond ik het net goed. Driekus had zoveel kinderen aan het huilen gemaakt met zijn gepest, dat ik het zijn verdiende loon vond dat hij nu zelf een keer moest janken.

Yasmine en Bente haalden juf erbij.

'Nou krijg ik geen Wii,' huilde Driekus. 'Mijn vader heeft gezegd dat ik een Wii kreeg bij een score van 535 of hoger.'

'Wauw, geef mij zo'n vader!' riep Thijs. 'Man, ik heb 536, maar ik krijg helemaal niks. Jullie dan?'

Er waren verschillende kinderen die wat kregen bij een bepaalde score. Valerie zou een nieuw mobieltje krijgen als ze 540 punten haalde en dat had ze. Mandy ook.

Sommige kinderen kregen geld.

Ik was helemaal stomverbaasd. Ik had er geen moment aan gedacht om zo'n deal met mijn ouders te maken. Ik zou ook wel een nieuw mobieltje willen.

'Hoeveel punten heb jij dan?' wilde Tom van Driekus weten.

'533.'

'Da's maar twee puntjes minder. Misschien doet je vader het toch.'

'Echt niet.' Driekus haalde zijn neus op.

'Net goed dat dat stomme joch geen Wii krijgt,' fluisterde ik tegen Mirte.

Die knikte.

Juf sloeg even haar arm om Driekus heen. 'Kom op, joh, het is vervelend dat je nu geen Wii krijgt, maar mijn advies gaat echt niet naar beneden. Je hebt gewoon pech gehad.'

'Mijn vader wil dat ik naar de havo ga.'

'Nou, dat kan nog steeds, want je komt in een vmbo-tl/havo brugklas terecht, dus als je goed je best doet, krijg je heus wel een havo-advies.'

'En dan krijg je alsnog een Wii,' zei Dennis troostend.

Mijn ouders waren dik tevreden toen ze de uitslag hoorden.

'Mag ik dan een nieuw mobieltje?' vroeg ik.

'Wat is er mis met je oude telefoon?' wilde mama weten.

'Die is oud!'

'Maar hij doet het toch nog?' meende papa.

'Valerie en Mandy krijgen een nieuwe telefoon voor hun Cito-score,' zei ik.

'Valerie en Mandy, die twee vriendinnen van jou, bedoel je,' spotte mama.

'Wat doe jij flauw,' zei ik boos.

'Flauw of niet, je krijgt van ons geen nieuw mobieltje, zei mama beslist. 'Je oude is nog geen twee jaar oud.'

'Nou en? Daar gaat het toch niet om? Ik wil gewoon wel eens iets anders.'

'Dan spaar je er maar voor,' zei mama.

'Van die rottige twee euro zakgeld per week zeker,' mopperde ik.

Maar papa en mama waren niet te vermurwen. Echt belachelijk. Ik mag ook nooit wat. Dat zij nu met zo'n achterlijke telefoon van weet-ik-hoe-oud rondlopen, betekent toch zeker niet dat ik dat ook moet?

Vrijdag 14 maart

Vandaag gingen we naar Westerbork om daar het herinne-ringskamp te bezoeken. Valerie en Desirée waren ziek.

Om negen uur kwam de bus voorrijden. Iedereen wilde een plek op de achterste bank en probeerde dat te bereiken met veel geschreeuw, geduw en getrek. Driekus en Dennis wil-den David en Sybrand van hun plaats trekken, maar die gaven geen krimp en bleven zitten.

'Help eens mee!' gilde Driekus tegen Sjoerd en Onno. 'Die nerds kunnen net zo goed voorin!

'Zijn jullie helemaal gek!' donderde opeens de stem van de chauffeur door de geluidsinstallatie. 'Laat die twee jongens met rust en ga zitten en wel meteen!'

Verbluft ploften Driekus en Dennis op twee vrije plaatsen in het midden van de bus.

'Denk erom dat jullie je gedragen,' waarschuwde juf Marian. 'We maken geen pretuitje, maar een serieuze excursie in het kader van ons project. Als je je niet kunt gedragen blijf je straks bij de chauffeur in de bus.'

Dat leek me geen lolletje, want de chauffeur was volgens mij al ontzettend uit zijn humeur door dat gedoe met Driekus en Dennis.

Na ruim een uur waren we in Westerbork. Vanaf de par-keerplaats moesten we een stukje lopen.

In het museum zelf was een oude meneer van vijfenzeven-tig die iets vertelde over de tijd dat hij in dit kamp zat. Hij had er gezeten van 1943 tot 1945, dus van zijn tiende tot zijn twaalfde. Honderdentweeduizend mensen waren gestorven en vijfduizend mensen hadden het kamp over-leefd.

Het bijzondere was dat deze meneer uit dezelfde stad kwam als wij, en zelfs op onze school had gezeten. Toen hij in de vierde zat, dat is nu groep 6, was hij naar Westerbork gedeporteerd.

Hij vertelde van de honger die hij had geleden en van de angst, maar ook dat hij dwars door alle ellende heen verliefd was op een meisje. Het allermooiste meisje van de wereld. Hoe ze stiekem afspraakjes maakten om elkaar te ontmoeten. Dat ze dan samen knikkerden, met de zes knikkers die het meisje had meegenomen.

'Door dat knikkeren kon ik mijn ellende een beetje vergeten.' Hij haalde uit zijn zak drie knikkers tevoorschijn. 'Kijk, die heb ik, zij had de andere drie. Soms had ik ze alle zes soms geen een. Bij ons laatste potje, had zij ze alle zes gewonnen, maar toen gaf ze me er drie terug. "Als we de volgende keer weer gaan knikkeren, win ik wel weer," zei ze. Maar er kwam geen volgende keer.'

De meneer wachtte even voordat hij verder vertelde en het was zo stil, als het in de klas nog nooit geweest was. Zelfs bij de Cito-toets niet, omdat er dan wel gekucht werd of iemand zijn stoel verschoof. Het leek wel of iedereen nu zijn adem inhield, ikzelf ook.

Hij vertelde dat dat meisje op transport was gezet naar een ander kamp en dat hij haar nooit meer terug had gezien. Alleen die drie knikkers had hij nog, als herinnering aan haar.

Daarna mochten we rondkijken en iedereen was erg onder de indruk van het verhaal van die oude meneer.

Ik vond het heel zielig allemaal, al die mensen die vermoord

waren door de Duitsers, alleen maar omdat ze Joods waren.
Op de terugweg in de bus duwde Nigel mij opeens een
briefje in mijn hand. *Geheim*, stond er op de voorkant.

Mirte wilde natuurlijk dat ik het meteen zou lezen.

'Het is geheim,' zei ik en stopte het in mijn zak.

'Je kunt het mij toch wel laten zien?' drong Mirte aan. 'Ik
ben toch je vriendin.'

'Straks dan, als Nigel het niet ziet,' zei ik.

Toen we terug waren, was het drie uur en mochten we naar
huis.

Mirte fietste een stukje mee en toen we ver genoeg van de
school verwijderd waren, stapte ik af en haalde het briefje
tevoorschijn.

Lieve Fleur,

Wil je een keer met me naar de film?

xxx Nigel

'Zie je nou wel!' riep Mirte. 'Het is uit met Valerie! Daarom
is ze natuurlijk ziek vandaag. Ziek van verdriet.'

Ik was zo blij, dat ik wel kon zingen. 'Houd je het wel
geheim?' vroeg ik.

'Tuurlijk!' Mirte knikte.

Ik grabbelde een pen uit mijn tas en schreef *ja* op de achter-
kant. Nog steeds zonder x-jes. Ik wilde niet te gretig over-
komen. Ik stopte het briefje weer in mijn broekzak.

'Waarom is het eigenlijk een geheim?' vroeg Mirte.

'Omdat, omdat… ja, weet ik veel. Misschien vindt ie het
lullig voor Valerie of zo?'

'Mwah,' deed Mirte, 'zielig voor die tut?'

'Dat kan toch? Het zou wel net iets voor Nigel zijn. Die is

altijd aardig voor iedereen.'

'Of misschien wil hij eerst zeker weten dat je ja zegt,' veronderstelde Mirte.

'Nou ja, wat kan het schelen. Hij wil mij!' Ik sloeg mijn armen om Mirte heen en smoorde haar bijna.

Maandag zou ik Nigel het briefje teruggeven.

Donderdag 20 maart

Vanochtend moesten we ons project afronden. We waren hartstikke druk om de tentoonstelling in te richten en alles voor 12 uur af te krijgen. Sybrand was bezig met de laatste dingen van onze powerpointpresentatie. Die is echt vet cool geworden.

Om twaalf uur was alles nog niet helemaal klaar en werkten we gewoon door terwijl we een broodje aten. Meester Wim kwam helpen om alles op tijd af te krijgen.

Om kwart voor een was het echt helemaal klaar en hadden we de tijd om elkaars werk te bewonderen. Nigel stond een hele poos bij ons te kijken. Hij vond de powerpointpresentatie die op de laptop draaide hartstikke goed. Hij praatte er met Sybrand over, en keek ondertussen stiekem naar mij. Dat zag ik best. Sinds ik hem het briefje met *ja* erop had teruggegeven, keek hij heel vaak naar mij.

Om één uur kwamen de groepen 6 en 7 kijken. Van twee tot drie kwamen de ouders. Ik mocht mijn dagboek van een onderduiker voorlezen. Juf had gezegd dat ze erg onder de indruk was van mijn verhaal. Dat waren de ouders dus ook, want het was heel stil toen ik het voorlas.

Oma zei naderhand, toen ze me in de auto naar mijn training bracht, dat ze er kippenvel van had gekregen. Ik vertelde haar van die oude meneer in het herinneringskamp en oma vond dat ook een heel ontroerend verhaal. Oma vertelde dat zij de oorlog niet bewust had meegemaakt, omdat zij pas in 1942 was geboren.

Eigenlijk had ik helemaal niet veel zin om te turnen.

'Ik ben moe,' zei ik tegen oma.

'Wil je weer mee naar huis?'

'Nee, doe maar niet.'

Het liefst was ik lekker met oma mee gegaan en dan de hele middag msn'en en voor de televisie hangen. Daar had ik bijna nooit tijd voor.

De training ging dit keer ook echt moeizaam. Mijn armen en benen waren zwaar en ik had hoofdpijn.

De laatste paar weken vind ik het sowieso best wel zwaar, om zoveel uren in de week te turnen. En dan moet ik volgend jaar nog meer uren trainen. Iets van zesentwintig uur. Dan houd je dus echt nergens tijd meer voor over. En dan zo'n strenge trainer als Hans. Wel heftig.

Ik vind het turnen op zich nog wel steeds heel leuk, maar, nou ja, ik weet het gewoon niet zo goed meer. Eerst voelde ik me heel vereerd en zo, dat ze zoveel talent in me zagen, maar ik ga er steeds meer tegenop zien om in een gastgezin te moeten wonen én om niet samen met Mirte naar de brugklas te kunnen.

Papa en mama vroegen een paar dagen geleden of ik al wist wat ik nu wilde, maar ik weet het gewoon echt niet.

'Wat vinden jullie dan?' vroeg ik.

'Lieverd, het is jouw keuze,' zei papa.

'Kunnen we daar niet allemaal gaan wonen?' vroeg ik.

Papa legde uit dat dat heel lastig was in verband met hun werk en zo.

'Ik krijg vast heimwee,' zei ik.

'We zien het nog even aan,' zei mama.

'Geven jullie me dus voor twee scholen op?' vroeg ik.

Ze knikten.

En toen moest ik opeens huilen.

Mama sloeg haar arm om mij heen. 'Lieve schat, je hoeft niet weg. Niemand zegt dat je moet.'

'Maar ik wil ook turnen,' snikte ik.

'Dat kan hier ook,' meende papa.

'Maar dan word ik niet zo goed.'

Charlie sprong bij me op schoot en begon als een gek de tranen van mijn gezicht te likken. Daar moest ik weer een beetje om lachen.

'En dat wil je graag?' ging papa verder. 'Goed worden?'

'Ja.' Ik snoof.

Mama zuchtte. 'Reken maar dat je het zwaar krijgt. Het leven van een topsportster gaat niet over rozen.'

'We wachten eerst het NK af, meisje, en dan kijken we verder. Straks zitten we ons ontzettend veel zorgen te maken hoe dat nu allemaal toch moet en dan haal je het niet eens.' Papa streek over mijn hoofd. 'Het komt heus allemaal wel goed.'

Dinsdag 1 april

Toen we vanochtend de klas binnenkwamen, stonden de

tafels in toetsopstelling. Wij waren allemaal stomverbaasd natuurlijk.

Juf Marian zei dat de middelbare scholen van onze gemeente, nu ze alle aanmeldingen binnen hadden, nog wat extra informatie wilden over de leerlingen en dat we daarom nóg een toets moesten maken. Ze hield de envelop met het gemeentelogo omhoog. 'Hier heb ik 'm.'

Iedereen begon natuurlijk meteen te protesteren.

'Gemeen!'

'Oneerlijk!'

'Belachelijk!'

'Waarom moet dat ineens?'

Iedereen riep en gilde door elkaar.

'Niks aan te doen.' Juf Marian begon met het uitdelen van de opgaven. 'Graag stilte allemaal!'

Ik bekeek snel een paar vragen. Niet te geloven, zo moeilijk. Spelling, grammatica, sommen, topo, bio en wereldoriëntatie. Waren die middelbare scholen nu helemaal gek geworden?

'Hoelang hebben we hiervoor?' vroeg ik.

'De hele ochtend,' zei juf.

Er werd luid gekreund.

'Het is veel te moeilijk!'

'Snap er niets van.'

'En als we dit slecht maken?'

Juf Marian keek een beetje zorgelijk. 'Ja, dat heb ik ook gezegd, toen de gemeente me vorige week belde om dit door te geven.'

'Wat zeiden ze toen dan?' vroeg Sharon.

'Eigenlijk niet zoveel. Nou, kom op, jullie moeten er maar het beste van maken.'

Steunend en zuchtend ging de klas aan het werk.

Na een uur kwam ik bij de volgende vraag:

Als kinderen uit hun mond bloeden, kan dat veroorzaakt worden door:

A. een vechtpartij waarbij de tanden uit de mond worden geslagen

B. bloedend tandvlees ten gevolge van te hard poetsen

C. bloedpillen die kapot worden gebeten

Met een ruk keek ik op en ontmoette jufs ogen. Ze lachte en haar lippen vormden het woord '1 april'. Ze legde haar vinger op haar mond. Ik legde mijn pen neer en keek om me heen. Er zaten al verschillende kinderen rechtop te grijnzen, maar een aantal zat nog steeds gebogen over hun werk te zwoegen.

De een na de ander kreeg het door.

Toen Dennis omhoog keek, riep hij keihard door de klas: 'Lekker is dat!'

De leerlingen die nog aan het werk waren, keken nu ook op en toen had iedereen het dus door.

Er werd gelachen en geroepen en iedereen vond het de grap van het jaar, alhoewel ze ook verontwaardigd waren.

'Ik zei toch, dat ik jullie terug zou pakken,' zei juf Marian. 'Nou, dat heb ik dus gedaan en jullie zijn er allemaal ingevlogen!'

We mochten een kwartiertje uitrusten en toen zei juf dat ze in het park wilde gaan oefenen voor het voetbaltoernooi van maandag 21 april. Alle basisscholen van de stad deden mee.

Valerie begon natuurlijk meteen te gillen dat zij niet wilde. Daar komen we dan mooi vanaf, dacht ik bij mezelf, want Valerie kan geen bal raken, maar daar wilde juf niets van weten. 'Iedereen doet mee,' zei ze beslist.

Nou, daar zijn we dan mooi klaar mee. Ik weet nu al dat we dik gaan verliezen als de make-updozen opgesteld worden.

Zondag 6 april

Vandaag was een superdag. Superdesuperdesuper! Ben tweede geworden, Britt vijfde en Nicky twaalfde.

Mijn eerste plaatsingswedstrijd voor de NK en ik ben tweede geworden! Gisterochtend nog heel hard getraind en aan het einde van de training zei Alma dat er een verrassing was. 'Tadaa, de nieuwe wedstrijdpakjes!' Ze hield triomfantelijk een kartonnen doos omhoog.

Iedereen stortte zich op haar.

De wedstrijdpakjes waren al in september besteld en Alma had niet meer gedacht dat ze er nog voor de wedstrijd van zondag zouden zijn. Wel dus.

Iedereen zocht haar maat eruit en ging meteen passen. De pakjes waren van lichtblauw, zacht fluweel met donkerblauw en wit. Echt heel mooi.

Ondanks mijn nieuwe pakje was ik natuurlijk toch nog superzenuwachtig, maar het ging goed. Een tweede plaats! Alma was helemaal blij.

Ben helemaal over mijn dipje van laatst heen. Als het dan

zo goed gaat, zoals vandaag, dan voel ik me toppie. Dan ben ik hyperdepieper en dan kan het niet meer stuk. Over twee weken is er weer een plaatsingswedstrijd. Ik verheug me erop. Ik ga komende weken kei- en keihard trainen. Heb er echt weer superveel zin in. En ach, zo'n gastgezin dat valt natuurlijk wel mee. Alma zei dat je het zo druk hebt door de week met school, huiswerk en trainen dat je helemaal geen tijd hebt om heimwee te krijgen.

Vrijdag 11 april

Vanmiddag hebben we weer getraind voor het voetbaltoer-nooi. Gelukkig hebben we ook een paar steengoeie meiden in onze klas, Robin en Jennifer. En Cilla is tot onze verba-zing ook best goed in de verdediging. Juf Marian deed de meiden en meester Wim de jongens.

We moesten van juf Marian zelf een keeper kiezen, maar niemand wilde. Robin of Jennifer weer wel, maar juf zei dat het zonde was om een van die twee in het doel te zetten.

Toen stelde juf voor om eerst maar eens te kijken welke meiden 'keeperstalent' hadden. Dus moeten alle meiden om beurten in het doel en dan moesten de anderen scoren. Cilla deed het vet goed. Ze wierp zich steeds op de bal en hield er hartstikke veel tegen. Ze voelde steeds precies aan welke kant ze zich op moest laten vallen.

Valerie was echt een ramp. Die is dus bang voor de bal. Van de weet-ik-hoeveel ballen die we schopten, hield ze er maar drie. En dat met een vader die voetbaltrainer is. Ha ha.

Uiteindelijk werd Cilla dus onze keepster. Mijn plaats in het veld wordt rechtsachter. Jennifer en Robin natuurlijk voor, want die moeten scoren. We spelen steeds met zeven kinderen in het veld en dan de keeper natuurlijk. Als ik juf was, zou ik de make-updozen niet opstellen, maar daar wilde juf niets van weten.

'Iedereen doet mee,' zei ze, 'dan hebben we lekker veel wissels.'

'Nou, daar hebben we wat aan,' merkte Robin op. 'Die tutten kunnen nog geen bal raken.'

Juf deed alsof ze dat niet hoorde, maar ze werd op een gegeven moment wel boos omdat Valerie en Desirée helemaal hun best niet deden.

'Voetbal is een teamsport en als jullie je best niet doen, benadeel je je team,' mopperde ze.

Volgens mij kan dat de make-updozen geen lor schelen. Van je inspannen word je zweterig en gaat je huid glimmen. Als de make-up maar goed zit, daar gaan ze voor en een wedstrijdje verliezen kan hen echt niet boeien.

Na de training duwde Nigel me stiekem een briefje in de hand. Ik vouwde het al even stiekem open. *Zaterdag twee uur voor Pathé?* las ik.

Toen ik opkeek, ontmoette ik zijn ogen. Ik gaf een knikje en toen had hij een klein lachje.

Zaterdag 12 april

Vanochtend heb ik geturnd. Ik kon alleen maar aan mijn afspraakje met Nigel denken. Ik was zo verschrikkelijk blij dat ik bijna over de balk danste.

Om precies twee uur was ik bij de bioscoop. Mama en papa hadden moeten lachen, toen ik zei dat ik met Nigel naar de bioscoop wilde.

'Is Nigel niet dat jongetje met wie je in groep 1 en 2 verkering had?' vroeg mama.

'Dat jongetje dat altijd met je wilde voetballen,' herinnerde papa zich.

Dat wist ik niet meer, dat van dat voetballen. 'Wilde ik dat ook wel?' vroeg ik.

'Jawel,' zei papa, 'een poosje. Als we dan kwamen kijken, was Nigel nog steeds tegen de bal aan het trappen en jij oefende de radslag. En soms oefende Nigel de radslag ook, want dat moest dan van jou.'

Gek is dat toch, dat je sommige dingen helemaal vergeten bent.

Nigel stond al te wachten.

'Hoi,' zei hij.

'Hoi,' zei ik.

'Naar welke film wil je?' vroeg hij.

'Jij?'

'Jij mag het zeggen,' zei hij.

Ik koos Step up 2. We kochten kaartjes en Nigel trakteerde op popcorn. We installeerden ons achter in de zaal. Het was nog vroeg en er waren nog bijna geen mensen.

'Weet je, ik heb nu nog even met Valerie, omdat haar vader ervoor kan zorgen dat ik in de selectie kom,' begon Nigel, toen we zaten.

Ik staarde hem in opperste verbazing aan. Mijn blijdschap was in één keer verdwenen. 'Hè, is het nog aan? En ga je dan met mij naar de film?'

Nigel knikte.

'Je bent gek, dat wil ik niet!'

'Toe nou Fleur, ik vind jou echt de leukste. Al heel lang. Maar we kunnen nu nog even niet echt verkering nemen.'

Opeens schoot de opmerking die Driekus tegen Boris had gemaakt door mijn hoofd: *Of vreet je van twee walletjes?*

'Wat ben jij gemeen. Dubbel gemeen! Je neemt verkering met Valerie om in de selectie te komen en dan vraag je mij

mee naar de film. Je denkt alleen maar aan jezelf.'

'Jij hebt makkelijk praten, jij zit al in de selectie.'

'Ja, omdat ik talent heb, sukkel! Alleen daarom. Denk maar niet dat de vader van Valerie je in de selectie neemt omdat je iets met Valerie hebt.'

'Valerie heeft het beloofd,' begon Nigel. 'Ze…'

'Geloof je het zelf?' Ik stond op, deponeerde de bak popcorn op Nigels schoot en draaide me om. Zonder nog een woord te zeggen ging ik weg.

Toen ik de zaal uitliep, bedacht ik, dat het zonde was om de film te missen. Daarom sloop ik, toen het donker was, de zaal weer in en zocht vooraan een plaatsje.

Daar zat ik nou, in mijn eentje. Wat een sukkel was die Nigel.

In de pauze kwam Nigel naar me toe.

'Eh, eh, praat je er niet over op school?'

Ik haalde mijn schouders op. 'Misschien,' zei ik kattig.

'Toe nou, Fleur. Het is voor mij heel belangrijk om in de selectie te komen.'

'Moet je maar hard trainen.'

'Dat doe ik ook, maar Valerie zei dat zij aan haar vader zou vragen of ik in de jeugdselectie van zijn club mag. Ik helemaal blij natuurlijk, maar toen wilde Valerie dat ik dan verkering met haar zou nemen.'

'Belachelijk!'

'Ja, nou, dat vind ik ook wel, maar, maar ik wil gewoon heel graag in de selectie. Beloof je me dat je er niet over praat op school?'

'Misschien. Ik wist het anders ook al, hoor, dat je daarom verkering met Valerie had. En er zijn er wel meer die dat weten.'

'Wie... hoe dan?'

'Gaat je niks aan.' Ik keek naar hem en zag dat zijn ogen verdrietig stonden. Moest ie ook maar niet zo stom doen!

Maandag 14 april

Vanochtend was ik om tien uur op school. In de pauze trok ik Mirte mee. 'Moet je horen,' begon ik en ik vertelde haar het hele verhaal. Het was misschien niet zo slim om het te vertellen, maar ik moest het gewoon kwijt. En Mirte kan best een geheim bewaren.

'Wat een vette player,' riep ze keihard, toen ik uitverteld was.

'Stil toch,' siste ik, maar het was al te laat.

'Wie is een vette player?' vroeg Sharon die samen met Tess aangeslenterd kwam. Dat wilde ik niet zeggen, want het is wel weer goed tussen Sharon en mij, maar we zijn geen hartsvriendinnen meer. Bovendien trekt ze af en toe ook nog met Valerie op.

Ik gaf Mirte een por. Gelukkig begreep ze dat ik niet wilde dat ze het doorvertelde aan Sharon en Tess.

'O, iemand die jij niet kent,' zei ik.

'Wie dan?' hield Sharon vol.

'Een vriend van mijn broer,' verzon Mirte snel. 'Die heeft twee vriendinnen.'

'Twee?!' riep Sharon uit. 'Waarom?'

'Nou, een als reserve, voor als het uitgaat met de ander.'

'Echt?' Tess keek een beetje ongelovig van mij naar Mirte.

'Ja,' Mirte knikte. 'Dat is op de middelbare school heel gewoon, zegt mijn broer.'

'Nou ja, ergens ook wel handig,' meende Sharon.

Nigel was met een aantal kinderen uit de klas aan het voetballen. Cilla stond weer in het doel.

Valerie stond met haar vriendinnen aan de andere kant van het schoolplein te kletsen. Ik ving een moment haar blik op, die vol arrogantie en boosheid mijn kant opflitste, maar besteedde er verder geen aandacht aan. Valerie keek nooit erg vriendelijk naar mij en ik ook niet naar haar natuurlijk.

Maandag 21 april

Vandaag is er een ramp gebeurd. Een echte, echte ramp!

bedacht om de eerste week van de meivakantie weg te gaan, omdat ik dan toch nog niet kan turnen.

Mama wilde gewoon lekker een luie vakantie, aan het strand, dus ze hadden gisteravond op internet gekeken en er was nog een last minute vrij voor vier personen naar Kreta. Ze vertelden het vanochtend aan het ontbijt.

'En raad eens wie die vierde persoon is,' zei papa.

'Oma natuurlijk,' zei ik een beetje somber. Ja, van een vakantie met papa, mama en oma kan ik nou niet direct heel enthousiast worden.

'Nee,' zei oma, 'zó'n strandvakantie is niks voor mij.'

'Wie dan?' vroeg ik.

Papa zweeg. 'Wie denk je,' vroeg hij toen geheimzinnig.

'Hoe moet ik dat nou weten! Zeg het nou maar.' Ik had helemaal geen zin in dit gedoe. Ik voelde me gewoon vet klote met die enkel, die de hele nacht zeer had gedaan.

'Jij mag het zeggen!' zei papa.

'Hè?' Ik was helemaal verbaasd. 'Ik? Hoezo?'

'Niks hoezo. Jij mag gewoon zeggen wie de vierde persoon is, die meegaat.'

'Echt?' Ik was helemaal verbaasd.

'Nou?' vroeg mama. 'Sharon zeker.'

Een half jaar geleden had ik Sharon zeker gekozen, maar sinds die ruzie is Mirte mijn beste vriendin.

'Mirte,' zei ik. 'Mag ik Mirte meevragen?'

Mijn ouders knikten.

'Vet cool!' Ik had opeens ontzettend veel zin om te gaan. 'Hebben jullie al geboekt?'

'Nee, dat wilden we vanavond doen. Vraag jij Mirte?'

'Tuurlijk.'

Ik was zo blij, dat ik het opeens niet meer zo erg vond dat ik een paar weken niet kon turnen.

Oma bracht me met de auto naar school. Ik strompelde met mijn krukken het schoolplein over.

In de klas kwamen alle kinderen naar me toe om te vragen hoe het ging en zo, maar ik had nauwelijks tijd voor ze.

'Mirt, kom eens.' Ik wenkte haar. 'Wil jij met mij een week mee naar Kreta?' vroeg ik plompverloren en ik vertelde haar van het plan van mijn ouders.

Mirte was wildenthousiast en vroeg aan juf of ze haar ouders mocht bellen. Dat mocht.

Even later kwam ze het lokaal weer binnen. 'Ik mag, ik mag, ik mag!' riep ze helemaal door het dolle heen. 'Mijn moeder wist het al, want jouw moeder had vanochtend de mijne gebeld.'

Ik zag aan Sharons gezicht dat ze het niet leuk vond. Dat begreep ik ook wel.

In de pauze ging ik vanwege mijn enkel niet naar buiten, maar bleef in het lokaal zitten. Mirte en Cilla hielden me gezelschap.

We gingen voor het raam kijken en zagen hoe Sharon en Tess met de make-updozen stonden te kletsen.

We zagen ook hoe Valerie en Mandy zich losmaakten uit het groepje en naar Nigel liepen, die met een paar jongens aan het voetballen was.

'Wat een loser, hè?' merkte Mirte op. 'Ben je nu nog op hem?'

'Weet ik veel.' Ik wilde niet zeggen dat ik Nigel nog steeds aardig vond. Ik schaamde me daar gewoon een beetje voor.

'Waarom is Nigel een loser?' wilde Cilla weten.

'Omdat hij met mij naar de film gaat, terwijl hij met Valerie verkering heeft, notabene om in de selectie te komen,' antwoordde ik.

'Wat zielig voor hem,' zei Cilla.

'Hoezo?' Mirte trok haar wenkbrauwen op.

'Nou ja, volgens mij vindt Nigel het helemaal niet leuk om verkering met Valerie te hebben. Dan moet hij dus wel heel graag in die selectie willen. En het gaat natuurlijk niet eens werken.'

Ik vond Cilla opeens superaardig. Ze zei precies wat ik voortdurend dacht. Ik was wel boos over Nigels stomme actie, maar ik had vooral ook medelijden met hem.

Zondag 4 mei

Gisteren zijn we weer thuisgekomen van Kreta. Ik was vet blij om Charlie weer te zien. Die had ik echt wel gemist. Ja, en oma natuurlijk ook.

Onze vakantie is dus alweer voorbij. Kreta was helemaal te vet. Het was zóóó gezellig dat Mirte mee was. We hebben eindeloos gekletst en veel gelachen.

Papa en mama hadden een super-de-luxe appartement met drie kamers en een keuken bij een groot hotel gehuurd. Mirte en ik hadden een grote kamer met een eigen wc, bubbelbad en douche. En natuurlijk met een televisie, een enorm flatscreen tegen de muur.

Bij het hotel was een groot zwembad met daaromheen ligstoelen en als je vijf minuten liep, was je op het strand. Die vijf minuten redde ik de eerste dagen net met mijn zere enkel, die nu trouwens al heel veel beter is. Ik voel hem nog wel, maar ik kan er al wel weer gewoon op lopen. Dus niet zo'n soort hink, stap, hink, zoals het de eerste dagen ging. Morgen ga ik het weer proberen met trainen. Heel voorzichtig natuurlijk met een aangepast trainingsprogramma.

Papa en mama hadden voor de hele week een auto gehuurd, want ze wilden de binnenlanden van Kreta verkennen, zoals ze dat noemden. Mama had zich wel voorgenomen om veel te luieren, maar na twee dagen zonnen had ze het helemaal gehad. En papa is sowieso geen type om lui in de zon te liggen. Die maakt het liefst uitstapjes.

Mirte en ik hoefden gelukkig niet mee. Wij mochten bij het zwembad blijven.

Verder hadden we in ons appartement een internetverbinding en dus konden we msn'en op papa's laptop en de kinderen uit onze klas lekker jaloers maken met onze verhalen. We kregen zelfs een berichtje van Valerie. Die vroeg of we al een vakantievriendje hadden. Ja duh, dacht het niet dus. Alhoewel ik dat helemaal niet wilde, zat ik toch de hele tijd met Nigel in mijn hoofd. Mirte zei steeds dat hij mij niet

waard was en dat ik het niet moest pikken en zo. Dat ik hem moest vergeten.

Dat probeerde ik ook wel, maar ik zag steeds die verdrietige ogen voor me, die hij had toen ik wegliep. Sukkel!

's Avonds gingen we vaak eerst heerlijk uit eten op een of ander mooi terras met uitzicht op zee en daarna keken we samen met papa en mama op de laptop een mooie film die we van huis hadden meegenomen. Onvoorstelbaar zo snel als de tijd op Kreta ging.

Toen ik vanavond even op msn wilde, kwam ik er niet op. Papa zei dat die msn van mij overbelast was geraakt, afgelopen week en nu even rust nodig had.

Errug leuk hoor!

Dinsdag 13 mei

Rotdag gehad. Een echte, echte rotdag! Het was de eerste schooldag na de meivakantie. Toen ik op school kwam, keken heel veel kinderen van de klas me een beetje raar aan.

Toen kwam Nigel naar me toe. 'Wat ben jij gemeen!' zei hij. 'Ik doe dan misschien wel stom met Valerie en zo, maar jij doet nog stommer.'

'Waar hèb je het over?' vroeg ik verbijsterd.

'O, ben je alweer vergeten wat voor gemene dingen je tegen mij hebt gezegd op msn.'

'Op msn? Daar kan ik helemaal niet op!' riep ik uit. 'Al meer dan een week niet.'

'Echt zielig ben je!' Nigel draaide me zijn rug toe en liep weg.

Ik zag Mirte het schoolplein op komen fietsen en liep naar haar toe. 'Weet je wat Nigel zegt?' En ik vertelde het aan haar.

'Ik kreeg gisteravond een berichtje van Sharon over jou,' zei Mirte. 'Ze vroeg wat jij aan het doen was.'

'Hoezo?'

'Nou, ze had een dikke ruzie met jou op msn, gistermiddag.'

'Waar hééft ze het over?' riep ik uit. Ik wist werkelijk niet wat er aan de hand was.

Toen kwam Valerie naar me toe samen met Mandy, Desirée en Natasja.

'Moet je me per se uitschelden, bitch?' Valerie kwam voor me staan met haar handen op haar heupen. 'Nou, zeg nou nog maar eens een keer wat je me op msn te melden had, lafbek.'

'Ik weet nergens van,' riep ik uit. 'Echt niet.'

'O nee?' De vier meiden kwamen dreigend op me af en omsloten me.

'Nee!' gilde ik. Ik duwde hen wild opzij en vloog ervandoor de school in. Ik sloot me op in het meisjestoilet.

Even later werd er op de deur geklopt.

'Nee,' riep ik. 'Laat me met rust.'

'Ik ben het, Mirte,' werd er aan de andere kant van de deur gezegd.

Ik draaide de deur van het slot.

Mirte sloeg haar armen om me heen. 'Tess, Bente, Yasmine en Cilla hebben ook van die rare berichtjes gehad van jou.'

'Jij dan?' vroeg ik.

'Natuurlijk niet. Wij hebben gisteravond toch gewoon gezellig ge-msn'd, dat weet je toch nog wel?'

'Dat kan helemaal niet. Ik had je toch gezegd dat ik niet op msn kon.'

'Je zei dat je een nieuwe had aangemaakt.'

'Echt niet,' riep ik uit. 'Ik ben de hele week niet op msn geweest.'

'En gisteravond dan?'

'Dat was ik in elk geval niet. Jij, jij gelooft toch niet dat ik echt iedereen van die domme berichtjes heb gestuurd? Dacht je dat ik zin had om met iedereen ruzie te hebben?'

'Nee, natuurlijk niet,' suste Mirte. 'Dan heeft iemand je dus gehackt. Dat heeft mijn broer ook een keer gehad.'

Ik wreef met mijn hand langs mijn ogen. Wie had dat gedaan? Iemand die een hekel aan me had.

De bel ging.

'Vertel alles aan juf,' stelde Mirte voor.

Ik knikte. 'Ja.'

Maar toen we in ons lokaal kwamen, zat er een jongeman op jufs plaats. 'Hallo, ik ben Bas,' zei hij. 'Ik val in voor jullie juf, want die is ziek.'

Valerie en haar vriendinnen stelden zich meteen verschrikkelijk aan. Ze hingen over zijn tafel heen, lieten hun haren voor hun gezicht vallen en gooiden ze met een beweging van hun hoofd weer naar achteren.

Ik ging zitten. Er was nu niets aan te doen. Aan een vreemde ging ik echt niets over mijn problemen zeggen.

Bas deed erg zijn best om ons aan het werk te zetten, maar niemand had veel zin. Door dat hele msn-gedoe was het hartstikke onrustig in de klas. Valerie en haar vriendinnen hielden niet op om Bas om uitleg te vragen of met hem te kletsen.

Het werd een rommelige dag. Ik voelde voortdurend de

blikken van iedereen en Sharon ging zogenaamd fluisterend aan Tom en Steven vertellen wat er was gebeurd op msn. Ik deed alsof het me niet raakte, maar ik voelde me meer dan ellendig.

In de pauze was de stemming op het schoolplein vijandig. Overal stonden groepjes kinderen uit onze klas met elkaar te smoezen en naar mij te kijken.

Ik stond met Mirte te bedenken wie het gedaan kon hebben.

'Valerie,' zei Mirte.

'Maar ze heeft zelf van die stomme berichtjes gekregen,' wierp ik tegen.

'Zegt ze. En dat geloof jij? Op die manier denkt ze natuurlijk dat ze niet verdacht is.'

'Nou, dan kan Sharon het net zo goed gedaan hebben, hoor,' zei ik.

'Sharon is toch je vriendin?'

'Mooie vriendin. Ze luistert niet eens naar me en ze gelooft me al helemaal niet. En bovendien is ze volgens mij hartstikke boos dat ik haar niet had meegevraagd naar Griekenland.'

'Valerie is ook boos op je, omdat ze heus wel weet dat Nigel jou eigenlijk leuker vindt,' zei Mirte.

Cilla kwam naar ons toe. Ik keek haar een beetje angstig aan. 'Ik heb het niet gedaan Cil, echt niet.'

'Natuurlijk niet, gek, dat weet ik ook wel.'

Ik kon wel huilen, zo blij was ik dat zij me tenminste geloofde.

'Wat stond er dan in die berichtjes aan jou?'

'O, dat ik niet moest denken dat ik je vriendin was en zo. Dat je me een zielige huilebalk vond en dat soort dingen. Dat je uit medelijden met me optrok.' Cilla keek een beetje bedrukt.

Ik voelde me ontzettend boos worden. Wat gemeen! Wat een vuile rotstreek!

'Zulke gemene dingen zou ik nooit zeggen,' zei ik verontwaardigd.

'Nou, volgens mij zou Sharon ook nooit zulke gemene dingen zeggen,' zei Mirte. 'Ze kan wel onaardig doen, maar ze is nooit gemeen, toch? Het moet Valerie wel zijn.'

'Ja.' Ik moest Mirte gelijk geven. Sharon en ik waren niet voor niets jaren elkaars beste vriendin geweest. Sharon was soms kattig en ongeduldig en ze maakte snel ruzie, maar ze was nooit echt gemeen geweest.

'Maar hoe komen we daar achter?' vroeg ik. 'Valerie zal toch nooit zeggen dat zij het gedaan heeft?'

'Nee.' Cilla schudde haar hoofd. 'Dat denk ik ook niet.'

'Zullen we naar meester Wim gaan?' stelde Mirte voor.

'Ik wacht liever tot juf Marian terug is,' zei ik somber.

Toen ik bij turnen de kleedkamer binnenkwam, keken Nicky en Britt me niet aan en ze zeiden ook niets, toen ik hen groette.

Ik kreeg meteen een angstig vermoeden. 'Hebben, hebben wij ook ruzie gemaakt op msn?'

'Wat is dat nou voor een stomme vraag?' Britt keek me woedend aan. 'Ik weet heus wel dat jij beter bent dan ik, hoor!'

'Ik, ik heb niks gedaan.'

'O nee?' kwam Nicky. 'Denk maar niet dat jij in de finale van de NK komt! Een olifant doet het nog beter op de balk!' zei ze met een overdreven stemmetje in een poging mijn stem na te bootsen.

'Zoiets zou ik nooit zeggen,' stotterde ik.

'Maar je denkt het wel, of niet soms?' bitste Nicky.

'Helemaal niet. Ik heb, ach laat ook maar.' Moedeloos trok ik mijn turnkleren aan en zonder Britt en Nicky nog aan te kijken, verdween ik naar de zaal, waar een aantal meisjes al bezig was in te turnen.

Woensdag 14 mei

Net als gistermiddag, deden Britt en Nicky ook vanochtend echt rot tegen mij. Ik voelde me ontzettend zielig. Valerie had het én op school én op turnen voor me verpest.

Britt en Nicky klitten de hele tijd samen en sloten mij buiten, net zolang tot Alma boos werd.

'Wat hebben jullie?' riep ze uit. 'Gistermiddag al en nu weer.'

We zwegen alledrie.

'Vertel op!'

'Ze denken dat ik ruzie met ze heb gemaakt op msn,' zei ik.

'O?' Alma keek mij vragend aan. 'En dat is volgens jou niet zo?'

Ik schudde mijn hoofd en perste mijn lippen op elkaar in een verwoede poging om mijn tranen binnen te houden. Ik haalde een keer diep adem, tot in mijn buik, zoals Alma mij geleerd had.

'Hoe zit dat dan?' wilde Alma weten.

Ik haalde mijn schouders op. Als ik iets zou zeggen, zou ik moeten huilen en dat wilde ik niet.

'Britt? Nicky?' Alma wendde zich tot hen.

'Ze zei tegen mij op msn dat ik niet moest denken dat ik goed was en de finale van het NK zou halen!' zei Britt boos.

'Tegen mij ook,' viel Nicky haar bij.

'Mijn msn is gehackt,' stootte ik uit. Daarna kneep ik mijn lippen weer op elkaar.

'Zal wel,' zei Nicky.

'Echt!' riep ik uit.

'Ach lieverd toch,' zei Alma en ze sloeg een arm om me heen.

Het was zo'n opluchting dat Alma mij geloofde dat ik mijn tranen niet meer kon bedwingen. 'Iedereen is boos op me,' snikte ik. 'Een meisje uit mijn klas heeft de pik op me.' En ik vertelde het hele verhaal.

'Weet je zeker dat zij het is?' vroeg Alma, toen ik uitgepraat was.

'Nee, niet zeker.' Ik wreef met het papieren zakdoekje dat Britt voor me gehaald had, langs mijn ogen en nam een slok water uit het glas dat Nicky me toestak.

Ik was ontzettend opgelucht dat Nicky en Britt me ook geloofden en niet meer boos waren.

Alma zuchtte. 'Ik benijd je juf niet, die dit moet oplossen. Heb je het haar al verteld?'

'Ze was gisteren ziek.'

'Dat kwam slecht uit,' zei Alma. 'Je moet het haar vertellen zodra ze er weer is en als dat te lang duurt aan haar vervanger. Beloof je dat?'

Ik knikte, maar ik wist nu al dat ik het niet aan Bas zou vertellen. Valerie en haar vriendinnen hadden hem volledig ingepalmd.

'Hoor eens,' ging Alma verder. 'Heb je er inmiddels voor gezorgd dat die persoon niet meer op jouw msn kan?'

'Hoe dan? vroeg ik.

'Door een berichtje naar Microsoft Passport Netwerk te sturen. Zij maken het dan weer voor jou in orde.'

Alma nam me mee naar haar kantoortje en haalde haar laptop tevoorschijn. Samen met mij vulde ze het vragenformulier in om het probleem voor te leggen.

'Waarschijnlijk is het probleem morgen of overmorgen opgelost.' Alma drukte op verzenden. 'En als ik je een goede tip mag geven, vertel nooit aan iemand je wachtwoord.'

'Dat heb ik ook niet gedaan,' zei ik.

'Weet je dat zeker? Ook niet aan je beste vriendin?'

'Echt niet,' zei ik.

'En hoe zit het met je geheime vraag?' vroeg Alma.

'Ik heb geen geheime vraag,' antwoordde ik verbaasd.

'Absoluut wel,' zei Alma. 'Iedereen die msn heeft, heeft ook een geheime vraag.'

'Dan weet ik die niet meer.'

'Grote kans dat je een heel gemakkelijke geheime vraag hebt genomen, toen je msn instelde,' zei Alma. 'Wanneer kreeg je msn?'

'Toen ik in groep 6 zat, of zo.'

'Waarschijnlijk kon degene die je hackte je antwoord op je geheime vraag gemakkelijk raden.' Alma sloot haar laptop af. 'Veel kinderen verzinnen vaak een veel te gemakkelijke vraag. Bedenk dit keer voor je msn een moeilijk wachtwoord én een moeilijke geheime vraag. Dus niet: wat is mijn lievelingsdier of wat is de voornaam van mijn moeder. Dat zijn vragen waar kinderen die jou kennen vaak het antwoord óók op weten.'

'O,' zei ik verbluft.

'Je kunt ook een vraag verzinnen en dan daarbij een antwoord dat nergens op slaat. Dat is nog een betere beveiliging misschien.'

'Ja,' zei ik. 'Dat zal ik doen.'

Toen ik weer aan het turnen was, moest ik steeds aan mijn geheime vraag denken, die ik niet meer wist. Wat voor vraag had ik twee jaar geleden bedacht?

Toen ik om tien uur op school kwam, was de situatie nog precies hetzelfde als gisteren. Het was ontzettend rommelig. Iedereen liep rond en kletste. Valerie en haar make-updozen hingen voortdurend bij Bas.

'Je had ze vanochtend moeten horen,' zei Mirte tegen me, 'toen Bas vertelde dat juf Marian morgen weer terugkomt.'

'Wat dan?'

'O Bas, wat jammer dat je alweer weggaat. We vinden het zóóó gezellig met jou. Veel leuker dan met juf Marian.' Mirte probeerde de aanstellerige stem van Valerie te imiteren.

'Getver,' zei ik hartgrondig.

Donderdag 15 mei

Vanochtend om zeven uur werd ik wakker doordat mama op de rand van mijn bed zat.

'Hè, wat doe jij nou hier?' Ik kwam slaperig overeind.

'De moeder van Boris belde gisteravond,' zei mama ernstig. 'Ze vertelde dat jij Boris op msn pestte, al een paar dagen.'

Met een bons liet ik me achterover op het kussen vallen. Wat was die Valerie een vals kreng! Dit bewees echt dat Valerie het was, want volgens mij zou niemand anders dat doen.

'Nou, hoe zit dat, Fleur?'

'Weet je nog dat ik in de meivakantie opeens niet meer op msn kon,' zei ik.

'Ik geloof het wel,' zei mijn moeder. 'Hoezo?'

'Een kind uit mijn klas heeft mijn msn gehackt.'

'Pardon?' zei mama, 'dat meen je niet?'

'Ja,' zei ik. 'En nu heb ik dus op msn ruzie met een heleboel kinderen. Die hebben allemaal rotberichtjes van mij gehad. Zogenaamd, bedoel ik dan hè?'

'Het moet toch niet gekker worden,' zei mama. 'Boris' moeder vertelde dat haar zoon helemaal overstuur was. Jij zou gezegd hebben dat zijn hondje een klotehondje was, net zo'n debieltje als zijn baasje.'

'Zoiets zou ik nooit zeggen,' zei ik verontwaardigd. 'Wat ontzettend gemeen om zoiets tegen Boris te zeggen, terwijl iedereen had beloofd om hem niet meer te pesten en zo.'

'Ik kon het me ook al niet voorstellen,' zei mama. 'Weet je wie het dan wel gezegd heeft?'

'Die stomme trut van een Valerie.' Ik was nu echt heel boos, zo gemeen vond ik het dat Valerie Boris te grazen had genomen.

'En waarom horen wij daar niets van?' vroeg mama.

Ik haalde mijn schouders op. 'Jullie hebben niet zoveel verstand van computers.'

'Mooi is dat,' zei mama. 'En nu?'

'Alma heeft er gisteren voor gezorgd dat het probleem van mijn gehackte msn opgelost wordt.'

'Hoe dan?' wilde mama weten.

'Ze heeft samen met mij een formulier ingevuld op de computer en dat verstuurd. Alma heeft er best veel verstand van.'

'Gelukkig dan maar.' Mama stond op. 'Ik bel straks de school.'

Ik kon merken dat ze geïrriteerd was.

'Dat hoeft niet, mam, want ik vertel het vandaag aan juf. Ze was ziek, maar vandaag is ze er weer.'

'Dat is prima,' zei mama, 'maar ik bel toch ook.'

'Mama!'

Mijn moeder die al bij de deur was, stond stil. 'Ja?'

'Kom eens.'

Mijn moeder liep terug naar het bed.

Ik pakte haar hand en trok haar weer op de rand van mijn bed. 'Ik wilde het jullie wel vertellen, maar dinsdagavond waren jullie weg en nou ja, ik dacht dat ik het zelf op moest lossen.'

Mijn moeder sloeg haar armen om me heen. Zo bleven we een poosje zitten.

Toen ik op school kwam, stond Valerie op het schoolplein met haar vriendinnen te smoezen en te giechelen.

Ik zette mijn fiets in het rek en liep naar haar toe. Mijn hart klopte in mijn keel, maar ik wilde het toch doen. Ik was zó boos dat ze ook mijn turnvriendinnen en Boris te pakken had genomen, dat mijn woede mijn angst verdreef. Ik wilde zeggen wat ik ervan vond.

'Wat ben jij gemeen,' zei ik, toen ik voor haar stond.

'Wat ben jij gemeen,' bauwde ze me na. 'Je bent zelf gemeen, trut.'

'Ik vind het vals dat je mijn msn gehackt hebt.'

'Wie zegt dat ík dat gedaan heb?'

'Ik. En hoe weet je trouwens dat mijn computer gehackt is?'

'Hoezo?' Valeries stem werd hoog en schreeuwerig.

'Nou, je zegt dat jij het niet was. Je hebt je verraden. En trouwens, wie anders zou zoiets doen?'

'Jijzelf misschien?'

'Ja hoor, ik hack mijn eigen msn,' hoonde ik.

'Je weet best wat ik bedoel.' Valerie zette haar handen in haar zij. 'Je dacht toch niet dat ik mezelf van die rotberichtjes stuurde?'

'Jij hebt helemaal geen rotberichtjes gehad, dat verzin je gewoon,' antwoordde ik, denkend aan wat Mirte de vorige dag had gezegd.

'Denk maar niet dat de anderen jou leuk vinden, hoor!'

'Hoezo?'

'Hoezo? Hoezo? Dáárzo!' Valerie kwam dichterbij en gaf me een harde duw.

Ik duwde haar terug en zij trok aan mijn haar.

Ik greep met mijn volle hand in haar lange, blonde golvende haar en trok zo hard ik kon.

Valerie krijste het uit en krabde mij over mijn wang.

Tot mijn voldoening merkte ik dat ik een hele pluk haar uit haar hoofd getrokken had.

Valerie krijste nog harder, toen ze dat zag en opeens rolden we vechtend over het schoolplein.

Vanuit mijn ooghoeken zag ik dat er een hele kring kinderen om ons heen was komen staan.

'Va-le-rie, Va-le-rie, Va-le-rie!' riepen de make-updozen.

Cilla en Mirte moedigden mij aan, aarzelend gevolgd door een paar anderen.

Valerie bonkte mijn hoofd een keer op de grond en daarna lukte het mij om boven op haar te gaan zitten. Ik klemde mijn knieën om haar heupen en ik probeerde haar meppende handen vast te pakken. Het duurde even voordat ik ze had, maar toen kon Valerie ook geen kant meer op.

Op dat moment voelde ik een harde hand om mijn arm, die me overeind trok. Het was meester Wim. Met zijn andere hand trok hij Valerie omhoog. 'Zijn jullie helemaal gek geworden!' donderde hij. 'Naar mijn kamer, jullie tweeën, en snel. En waag het niet elkaar ook nog maar met een vinger aan te raken.'

Naast elkaar liepen we naar binnen. Ik voelde aan de plek waar mijn hoofd de grond had geraakt. Daar zat een dikke buil. Ik keek stiekem even van opzij naar Valerie.

Tot mijn voldoening zag ik dat haar kleren smerig waren, dat haar haar in de war zat en dat haar mascara uitgelopen was. Net goed.

Meester Wim was heel boos. Mama had inmiddels gebeld zodat hij al wist wat er aan de hand was.

Eerst ontkende Valerie in alle toonaarden, maar uiteindelijk gaf ze toe, toen meester Wim dreigde de politie in te lichten. 'Laat die dan maar uitzoeken van welke computer die msn-berichtjes die Fleur volgens jou zelf verstuurd heeft, in werkelijkheid komen.'

Ik knikte heftig dat ik dat een goed idee vond.

'Nee, niet!' riep Valerie uit en toen sloeg ze haar hand voor haar mond.

'En waarom niet, Valerie?' vroeg meester Wim langzaam.

'Omdat, omdat...' Valerie begon te stotteren en toen begon ze te huilen.

Ik keek ernaar, maar voelde geen enkel medelijden.

Juf Marian kwam ook binnen.

'Wat is hier aan de hand?' vroeg ze. 'Ik hoorde van mijn klas dat Fleur en Valerie gevochten hebben.'

Meester Wim vertelde haar wat er allemaal gebeurd was. Juf Marian keek geschokt. Ze liep naar Valerie toe. 'Heb jij dat echt gedaan, Valerie? Heb jij werkelijk uit Fleurs naam al die ellendige dingen gezegd?'

Het gesnik werd heftiger.

'Geef eens antwoord, Valerie.'

Bijna onhoorbaar fluisterde ze: 'Ja.'

'Waarom?' vroeg juf.

'Omdat, omdat...' Valerie snoof een paar keer en veegde met haar hand langs haar neus. 'Omdat Fleur met Nigel naar de film is geweest.'

'Hoe weet jij dat?' riep ik uit.

'Een vriendin van mij zag jullie en ze herkende Nigel. Toen vertelde ze aan mij dat ze Nigel met een ander meisje had gezien en ik vroeg haar toen hoe dat meisje eruitzag. Nou, en toen wist ik dat jij het wel moest zijn.'

'Heb je er met Nigel over gepraat?' wilde juf weten.

Valerie schudde haar hoofd.

'Nigel vroeg mij, hoor!' zei ik. 'Ik dacht dat het uit was tussen jullie.'

'Nigel is mijn vriendje,' zei Valerie verbeten. 'Je moet van hem afblijven!'

'Heeft Nigel zelf ook nog iets te zeggen misschien?' vroeg meester Wim.

'Ik zal hem erbij halen,' zei juf.

Even later kwam ze terug met Nigel.

Nigel zag er sip uit. Hij keek me even aan en sloeg vervolgens zijn ogen neer.

'Vertel eens, Nigel,' zei meester Wim. 'Valerie en Fleur hebben ruzie om jou.'

Nigel zuchtte een keer heel diep en sloeg toen zijn ogen weer op.

'Ik had verkering met Valerie genomen omdat zij zei dat als ik verkering met haar nam, dat ik dan met voetbal in de selectie zou komen. Dat wilde ik graag.'

'Juist,' zei meester Wim. 'Klopt dat, Valerie?'

Valerie knikte. 'Maar mijn vader wil Nigel niet in de selectie nemen. Hij zegt dat hij dat niet kan doen, dat Nigel dat op eigen kracht moet bereiken. Zo gemeen!'

'Dat lijkt me een heel gezond standpunt van je vader, Valerie,' zei juf Marian.

'Maar dan heb ik Nigel niet,' zei Valerie.

'Verkering kun je niet kopen,' zei juf Marian. 'Vriendschap en liefde ook niet. En Nigel, het is heel doortrapt om op zo'n manier je zin te krijgen.'

'Ik maak het uit,' zei Nigel.

'Dat, dat vind ik gemeen!' Valerie stampvoette, draaide zich om en vloog de kamer van meester Wim uit.

'Laat maar even gaan,' zei meester Wim tegen juf Marian, die Valerie achterna wilde gaan.

Ik vond dat hij helemaal gelijk had.

'Ik zal straks Valeries ouders bellen om hen samen met Valerie uit te nodigen voor een gesprek,' zei meester Wim.

De rest van de dag was het allemaal een beetje gek, net alsof het niet echt was of zo. Juf Marian vertelde dat mijn msn gehackt was door Valerie en dat zij dus al die misselijke berichtjes had geschreven. Toen gingen een heleboel kinderen mij hun excuses aanbieden en Nigel vroeg in de pauze of ik dan nu eindelijk verkering met hem wilde. Ik zei dat ik erover wilde nadenken. Ja hallo, wat denkt dat joch eigenlijk? Dat ik dol- en dolblij ben dat hij me nu eindelijk wil? Dacht het even niet dus.

Boris was heel blij dat ik tegen hem zei dat zijn hondje een schatje was, bijna net zo lief als de mijne en dat we binnenkort maar weer een keertje met ze moesten gaan lopen. Want ook al had ik dat rotberichtje naar hem niet verstuurd, ik vond het toch heel zielig voor hem.

Maandag 19 mei

Hoera! Hoera! Ik heb me geplaatst voor de halve finale. Ik heb gisteren geen medaille gewonnen, maar ik ben in elk geval door. Ik zat bij de beste twaalf. Britt is ook door, op het nippertje en Nicky heeft het niet gehaald. Jammer.

Vandaag was Valerie weer op school. Afgelopen vrijdag was ze er niet. Ze durfde ons natuurlijk niet onder ogen te komen.

Na de pauze om half elf moesten we in de kring gaan zitten, om te praten. Valerie was erger opgemaakt dan ooit. Ze zat er onverschillig bij, temidden van de drie andere make-updozen, alsof het haar allemaal niets kon schelen. Desirée, Mandy en Natasja keken nogal ongemakkelijk. Nou ja, het zal je vriendin ook maar wezen.

Eerst hield juf een heel verhaal over respect. Respect2all! Daarna moest Valerie iets zeggen tegen de klas en mij, want dat had meester Wim haar opgedragen.

Valerie zei dat ze niet goed had nagedacht en dat ze alleen wraak op mij had willen nemen, maar dat ze anderen niet echt had willen kwetsen. Nou, daar geloof ik dus he-le-maal niets van.

Juf Marian vroeg of ze mij dan wél echt had willen kwetsen.

'Ja,' zei ze toen.

Dat vond ik wel weer heel eerlijk.

'En heb je daar nu ook spijt van?' vroeg juf.

'Een beetje,' zei Valerie.

Juf probeerde haar te laten inzien dat het heel ernstig was, wat ze had gedaan, maar volgens mij vond Valerie het helemaal niet zo ernstig.

'Je hebt Fleur in een kwaad daglicht gesteld en het vertrouwen dat de andere kinderen in haar hebben, beschadigd,' zei juf.

'Ik heb toch gezegd dat het me spijt,' zei Valerie.

'Volgens mij spijt het je helemaal niks,' zei Sharon. 'Je hebt gewoon een pishekel aan Fleur.'

'Nou en?' Valerie zwaaide haar lange, blonde krullen naar achteren. 'Jij was toch de laatste tijd ook niet meer zo dol op Fleur.'

'Ja en dat was onterecht en daar heb ik echt spijt van. Ik baal er ook van dat ik niet meer Fleurs beste vriendin ben, maar dat is mijn eigen schuld. Ik doe in elk geval niet zo achterbaks als jij.'

'Laten we er maar over ophouden,' zei juf, 'en proberen het tot de zomervakantie een beetje gezellig te houden. Het zou jammer zijn als deze laatste weken hierdoor bedorven worden. Laten we afspreken dat iedereen zich fatsoenlijk gedraagt naar elkaar. En als er iets is, dan meld je dat meteen bij mij zodat ik kan bemiddelen.'

'Maar het is nog niet goed tussen Valerie en Fleur,' merkte Mirte op.

'Ik kan Valerie niet dwingen spijt te hebben,' zei juf. 'Spijt is iets wat je zelf moet voelen.'

'Waarom voel je nou geen spijt?' vroeg Mirte rechtstreeks aan Valerie. 'Het is toch stom wat je gedaan hebt?' Ze vroeg het heel gewoon, vriendelijk bijna.

Ik zag dat Valerie met haar ogen begon te knipperen. 'Vroeger was Fleur mijn vriendin,' begon ze. 'We zaten samen op gymnastiek en speelden samen.'

'Dat was in de onderbouw,' zei ik.

'Toen, toen mocht Fleur in groep 4 of zo, in de selectie turnen en dat wilde ik ook. Maar, maar dat mocht niet van de trainer. Hij zei tegen mij dat dat alleen voor de echt goede meisjes was. Dat vond ik zo gemeen, want ik was ook best goed.'

'Dus je was jaloers op Fleur,' constateerde Mirte.

Valerie gaf een klein knikje.

'Maar daar kon ik toch niets aan doen,' zei ik. 'Wilde je daarom toen opeens niet meer met me spelen en zo.'

'Ja.'

'Maar dat is toch al best lang geleden,' zei ik. 'Heb je daarom...?'

'Daarom én omdat je Nigel van me af wilde pakken.'

'Dat is niet waar!' riep ik uit.

'Wel waar!' Valerie stampvoette bijna van woede. 'Ik haat je, als je dat maar weet.' Toen sloeg ze haar handen voor haar gezicht en snikte het uit.

Het bleef doodstil in de klas. Iedereen keek van Valerie naar juf en van juf weer naar Valerie.

'Gaan jullie maar een poosje stillezen,' zei juf. 'En Valerie, ga jij maar even wat water drinken.'

Iedereen zette stilletjes zijn stoel weer bij zijn tafel en pakte zijn boek.

Valerie liep snikkend de klas uit.

Ik keek naar Mandy, Desirée en Natasja, maar die bleven gewoon zitten Waarom ging een van hen nou niet even achter haar aan? Ze waren toch haar vriendinnen?

Ondanks alles had ik toch een beetje medelijden met haar.

'Jullie blijven rustig lezen,' zei juf. 'Ik ga even bij Valerie kijken.' Ze ging de klas uit en in een mum van tijd zat iedereen druk met elkaar te fluisteren.

Donderdag 22 mei

Valerie is na de ruzie van maandag nog niet weer op school geweest. Volgens juf is ze ziek, maar ik geloof er niets van. Schoolziek zal ze bedoelen. Die durft zich niet meer op school te laten zien.

Vandaag heeft juf ons het verhaal van de musical verteld. Het gaat over een klas die op schoolreisje gaat en dat dan de meester opeens zoek is.

We kregen allemaal een cd met de liedjes erop. 'Om er een beetje in te komen,' zei juf. Vanaf morgen gaan we elke dag oefenen, want over vierenhalve week moeten we hem al opvoeren.

Juf vertelde ook dat we 11, 12 en 13 juni op kamp zouden gaan en dat we in de laatste schoolweek, de week van 23 tot 27 juni, de musical moeten opvoeren. Een keer voor alle kinderen van de school en een keer voor onze ouders, broertjes, zusjes en onze grootouders.

Op donderdag 26 juni is dan het afscheidsfeest. Dat feest moeten we helemaal zelf organiseren en de kinderen van groep 7 zijn onze gasten.

Daarna is het voorbij. Dan verandert echt alles. Voor iedereen, maar voor mij helemaal, want ik heb eindelijk besloten dat ik na de zomer naar een gastgezin ga, om nog beter te kunnen turnen. Nicky gaat niet, maar Britt wel. Ben blij dat ik niet alleen ga. Britt gaat ook naar dezelfde school als ik en heel, heel misschien kunnen we wel in hetzelfde gastgezin. Tenminste, dat zei Alma. Dat is natuurlijk helemaal gezellig, maar ik ga mijn vriendinnen van school vet missen, dat weet ik nu al.

Het hangt natuurlijk ook nog van het NK af. Als we niet hoog genoeg eindigen, wordt het een ander verhaal, maar Alma is ervan overtuigd dat we het zullen halen. Hoop het. Als ik aan alle nieuwe dingen denk, doet mijn buik een beetje pijn. Maar gelukkig hebben we eerst nog een heleboel gave dingen in het vooruitzicht.

Als Valerie niet meer naar school komt, gaat ze die allemaal missen. In de pauze ging ik dus naar de vriendinnen van Valerie, die zonder Valerie niet zoveel praatjes meer hadden.

'Wanneer komt Valerie weer op school?' vroeg ik.

Mandy haalde haar schouders op. 'Weet ik veel.'

Ook de andere twee wisten het niet.

'Bellen jullie niet, dan?' vroeg ik.

'Wij hebben ruzie,' zei Desirée. 'Over dat gedoe met die msn. Wij waren het er niet mee eens. Nou ja, wel dat ze jouw msn wilde hacken, maar alleen om berichtjes naar Nigel te sturen.'

'Ja,' ging Mandy verder, 'ze is veel te ver gegaan.'

'Maar daar heeft ze spijt van,' wierp ik tegen, 'dat vindt ze zelf ook.'

'Jammer dan,' vond Natasja. 'Ze komt trouwens toch niet terug.'

'Hoezo niet?' vroeg ik verbaasd.

'Dat zei ze op msn,' zei Desirée. 'Haar ouders vinden het helemaal belachelijk zoals ze op school behandeld wordt.'

'Nou ja.' Ik kon mijn oren bijna niet geloven. 'Zouden haar ouders dan helemaal niet boos zijn om wat ze gedaan heeft?'

Mandy haalde haar schouders op. 'Vast niet,' zei ze. 'Die vinden alles zo'n beetje goed wat ze doet.'

'Maar dit, dit is toch erg?'

Mirte, Sharon, Tess, Bente, Yamine en Cilla kwamen kijken wat ik aan het doen was.

We stonden een beetje onhandig met z'n allen bij elkaar.

'Zullen we een potje kingen?' vroeg ik.

Kingen was sinds een week helemaal in bij ons op school.

Bente en Yasmine renden weg om bij de conciërge de bal te halen.

'Doen jullie dan ook mee?' vroeg ik aan Desirée, Mandy en Natasja.

Ze keken elkaar even aan en liepen toen met ons mee naar Bente en Yasmine die de bal hadden.

Robin en Jennifer, die aan de andere kant van het plein met de jongens aan het voetballen waren, keken even verbaasd onze kant op. Even later kwamen ze

naar ons toe om ons aan te moedigen. Zelfs juf Marian kwam even naar buiten. Ze had door het raam van de koffiekamer gezien dat Mandy, Desirée en Natasja met ons meededen. 'Helemaal top!' Ze stak haar duim naar ons omhoog.

Vandaag heb ik Valerie een kaartje gestuurd. Ja, echt waar! Juf had in de klas gezegd dat Valerie waarschijnlijk niet meer terug zou komen. Het bleef stil in de klas toen ze dat vertelde. Juf zei dat ze het heel erg vond en dat het voor Valerie niet goed was om op deze manier afscheid te nemen van de basisschool. Ze vertelde dat ze al een paar keer bij Valerie op bezoek was geweest, maar dat Valerie niet terug durfde te komen en dat haar ouders haar daarom ziek meldden.

'En ze voelt zich ook echt ziek,' zei juf. 'Ze heeft voortdurend buikpijn.'

We zaten elkaar een beetje aan te kijken, maar nog steeds zei niemand wat.

'Tja.' Juf zuchtte een keer heel diep. 'Laten we maar gaan oefenen voor de musical.'

De rollen waren inmiddels verdeeld. Ik had een heel gemakkelijke rol in verband met extra trainingen voor het NK. Gewoon die van schoolkind. Van die rollen waren er natuurlijk veel, want het ging immers over een klas op schoolreisje. Ik moest een verlegen en stil meisje spelen en had dus nauwelijks tekst.

'Waarom sturen we Valerie geen kaartje? Dat doen we toch altijd als iemand lang ziek is?' vroeg Boris.

Juf lachte even. 'Dat is zo, maar Valerie heeft dingen gedaan waar we met z'n allen niet zo blij van werden.'

'Ze liet Fleur op msn zeggen dat Casper een klotehondje was, weet je nog?' hielp Nigel hem herinneren.

'Ja, maar nu is ze ziek, dus moeten we een kaartje sturen,' hield Boris vol. 'Dat doen we altijd.'

'Ik vind het een goed idee,' viel Bente Boris bij.

Verschillende kinderen riepen dat zij het óók een goed idee vonden.

Ik zei helemaal niks. Ik had medelijden met Valerie, omdat ze alle leuke dingen van de laatste maand zou missen, maar om eerlijk te zijn vond ik het ook wel lekker rustig zo. De sfeer was echt verbeterd sinds Valeries vriendinnen met ons optrokken.

'Jullie zijn kanjers!' zei juf Marian, 'en ik ben erg trots op jullie.'

In de pauze wilde de meiden weten of ik een kaartje ging sturen.

'Ik weet het nog niet,' zei ik.

'Als jij het niet doet, doe ik het ook niet,' zei Mirte solidair.

Dat vond ik superlief van haar.

De andere meisjes vielen haar bij, óók Mandy, Desirée en Natasja.

'Doen jullie het nou maar wel,' zei ik. 'Je moet het niet van mij af laten hangen. Ik, ik denk dat ik het toch ook wel doe.'

Dat was ook zo. Aan de ene kant had ik er niet veel zin, maar aan de andere kant vond ik dat ik het toch maar moest doen.

'Dus jij bent niet boos, als wij een kaartje sturen?' vroeg Sharon nog voor de zekerheid.

'Natuurlijk niet, gek!' Ik lachte. 'Kom op, laten we gaan kingen.'

In een mum van tijd was iedereen fanatiek met de bal in de weer.

Toen ik om kwart over drie thuis was en samen met oma een broodje at, voordat ik weg moest naar turntraining, vroeg ik of zij vond dat ik Valerie een kaartje moest sturen. Oma had natuurlijk van papa en mama gehoord wat er allemaal gebeurd was.

Ik vertelde haar dat Valerie niet meer terug naar school zou komen enzo en dat Boris had gezegd dat we haar allemaal een kaartje moesten sturen.

'Kun je erboven staan?' vroeg oma.

'Hoe bedoel je?'

'Word je nog steeds boos en verdrietig als je eraan denkt wat Valerie gedaan heeft?'

'Neuh, niet echt, geloof ik. Ik vind het nog wel steeds heel stom.'

'Dat mag,' zei oma, 'want het wás natuurlijk ook heel stom.'

Oma vond dat ik dat kaartje maar moest sturen, als ik het ook echt kon menen. 'Uiteindelijk is dat voor jezelf ook beter,' zei ze.

'Hoe dan?' wilde ik weten.

'Van boosheid en haat is nog nooit een mens beter geworden,' zei ze. 'Als je vasthoudt aan je boosheid, heeft dat ook invloed op andere dingen, bijvoorbeeld op de manier waarop je omgaat met andere mensen.'

Dat ging me een tikkeltje boven de pet, maar ik begreep het toch wel een beetje.

Dus, toen ik vanavond thuiskwam na het turnen, heb ik uit de kaartjesla een kaartje gehaald. Ik vond het nog best lastig om iets te bedenken om te schrijven. Uiteindelijk is het zo geworden.

Hallo Valerie,

Ik begrijp waarom je dat met mijn msn hebt gedaan. Ik vind het nog steeds heel stom (jij misschien nu ook wel?), maar ik ben niet meer boos. Ik hoop dat je weer op school komt. Echt waar. Sterkte met je buikpijn.
Fleur

Dinsdag 3 juni

Vandaag was Valerie weer op school. Echt alle kinderen uit de klas hadden een kaartje gestuurd.

Valerie zag heel bleek en ze had rode ogen. Ze heeft, denk ik, de afgelopen dagen heel veel gehuild. Ze stond alleen en keek verloren om zich heen.

Bente en Yasmine gingen naar haar toe. Dat vond ik superaardig van hen. Valeries vriendinnen wisten gewoon niet zo goed wat ze moesten doen.

Iedereen, nou ja de meiden dan, was blij toen de bel ging en we naar binnen konden.

Juf zei dat ze blij was dat Valerie er weer was en ze zei nog een keer dat ze megatrots op ons allemaal was. Met de nadruk op allemaal.

Daarna kregen we de laatste instructies voor het verkeers-examen dat we vanochtend hadden.

Ik was vet zenuwachtig. We kregen allemaal een nummer op onze rug geplakt en we werden toegesproken door een agent. Die zei dat we goed op de aanwijzingen moesten let-ten, die overal stonden.

Ik was als een na laatste aan de beurt. Al snel reed ik Cilla en Valerie achterop die bij een tunneltje stonden te twijfe-

len waar ze langs moesten. Ik snapte de
aanwijzing ook niet. We stonden een
beetje rond te kijken en te overleggen.
Ja, echt waar! Valerie en ik praatten
gewoon met elkaar!
Opeens stapte er een man achter een
boom vandaan. Cilla schrok zo dat ze even
gilde en daarvan kregen we alledrie de slappe
lach.
Ik kon zien dat die man dat niet leuk vond, die dacht
natuurlijk dat we hem uitlachten.
Hij zei dat we door het tunneltje moesten.
'Hoe komt u daar nou bij?' vroeg Valerie tussen twee
proestbuien door. Dat klonk best brutaal.
'Omdat ik van de organisatie ben,' antwoordde de man een
beetje boos.
We moesten zo hard lachen, dat we hem niet eens konden
bedanken. Dat lachen kwam gewoon van de zenuwen. Ik
wilde wel stoppen, maar het lukte gewoon echt niet.
'Als jullie zo doorgaan, haal je je examen niet,' zei de man
ook nog.
Nou, dat hielp niet echt.
We fietsten om de beurt verder (dat moest) en dat betekende dat ik nog even alleen met de man bleef staan. Mijn lach-
bui was meteen over.
'Succes hoor,' zei de man toen ik weer opstapte. Dat vond ik
toch wel weer heel aardig van hem.
Verder was de route niet moeilijk. Cilla, Valerie en ik reden
een beetje dommig achter elkaar aan.

Het was een grappig gezicht om te zien hoe ze steeds braaf hun hand uitstaken. Dat doen ze anders echt helemaal nooit. Ik trouwens ook niet, tot woede van mijn moeder. Als ze in de auto zit, moppert ze altijd op fietsers die hup, zomaar rechts of links afslaan. Die willen zeker dood, zegt ze altijd.

Ik weet dat dat niet zo is. Het staat gewoon ontzettend debielerig om je hand uit te steken. Dat is iets voor oude mensen en voor watjes.

Toen we weer bij school kwamen, waren alleen Sybrand, Tom, Steven, Cilla, Valerie en ik er. De rest was er niet. Die waren allemaal bij het tunneltje verkeerd gereden. Pas na een half uur kwamen de anderen. Het was dus wel een beetje een mislukt verkeersexamen.

Gelukkig was iedereen toch geslaagd, behalve Dennis. Die oen ging meteen met losse handen fietsen, toen hij dacht dat het examen voorbij was. Zag een man van het verkeersexamen dat.

'Dat is bloedlink, jongeman!' zei hij.

'Doe ik zo vaak,' zei Dennis ook nog. De sukkel!

Later in de klas, bij de uitreiking van de diploma's werd Dennis als enige overgeslagen, maar hij vond het niet erg, zei hij.

Dinsdag 10 juni

Afgelopen zondag had ik de halve finale en ik ben vierde geworden! Vierde bij de halve finale. Britt werd negende. We hebben ons de allebei geplaatst voor de finale.

Onvoorstelbaar eigenlijk. Het was de eerste keer dat ik meedeed aan de halve finale. Eerder haalde ik die nooit, maar omdat ik nu zoveel turn, gaat het gewoon veel en veel beter en kom ik op een veel hoger niveau. Ik kan het zelf nog nauwelijks geloven.

Ik was natuurlijk onwijs blij met mijn vierde plaats. Volgens Alma kan ik bij de eerste vijf eindigen, en dan zou ik bij de beste vijf turnsters van mijn leeftijd van Nederland horen, maar ja, dan moet ik ook wel geluk hebben. Techniek en concentratie zijn natuurlijk heel belangrijk. Eén keer een wiebel op de balk of één stapje extra bij de afsprong kosten punten en op dit niveau is iedereen goed. Het gaat soms echt om tienden van punten.

In de klas gaat het verder goed. Valerie doet normaal en in de pauzes zijn we vaak met de hele klas aan het kingen, Valerie ook. Zelfs de voetballers doen af en toe mee. Nigel ook dus.

Hij vroeg laatst of ik het al wist. 'Ben je al uitgedacht?' vroeg hij.

'Huh?' Niet begrijpend keek ik hem aan.

Hij stond een beetje verlegen met zijn voeten over de stenen van het scholplein te schuifelen. 'Of je verkering met me wilt.'

'O dat.'

'Ja.'

'Ik weet het nog niet.'

Dat was ook zo. Ik wist het werkelijk nog niet. Een poos geleden had ik het dolgraag gewild, maar er was zoveel gebeurd. Ik had gewoon geen zin om erover na te denken.

Morgen op kamp, dáár heb ik zin in.

Mijn tas is gepakt en mijn slaapzak ook. Moet morgen mijn hoofdkussen niet vergeten. Schoolkamp. Drie dagen en twee nachten. We gaan slapen in een kampeerboerderij. We houden natuurlijk een spooktocht. We hebben gehoord dat we ergens gedropt gaan worden en Cilla is nu al bang, want die is doodsbang om te verdwalen. Heb er onwijs veel zin in. Volgens papa gaat het de komende dagen mooi weer worden. Hoop het, want we moeten morgen 25 kilometer heen en vrijdag ook weer terug fietsen.

Vrijdag 13 juni

Ons kamp was zo ontzettend gaaf! Ik zou elke maand wel zo'n kamp willen hebben.

Iedereen ging gewoon leuk met elkaar om. Er werd niet gepest en zo, ook niet door Valerie en Driekus. We zijn zo'n leuke klas geworden dit jaar. Ik kan wel huilen dat we nog maar tien dagen bij elkaar zijn.

We sliepen verdeeld over vier slaapkamers, twee voor de meiden en twee voor de jongens. Ik sliep natuurlijk in het stapelbed met Mirte. Op onze kamer hadden we de vier stapelbedden tegen elkaar aangeschoven en we hebben eindeloos gekeet. Juf Marian was helemaal niet zo streng en de twee stagiaires van groep 3 en 5 die mee waren, ook niet.

We hebben gezwommen, kano gevaren, gevoetbald en natuurlijk ook gekingd, maar het allerspannendst was dus de spooktocht. De eerste avond om elf uur reed er een vrachtwagen voor en daar moesten we allemaal in. We waren in vijf groepen van vijf of zes kinderen verdeeld en werden begeleid door een volwassene. De mensen van wie de kampeerboerderij was, deden ook mee.

Ik zat in een groepje met Mirte, Valerie, Cilla, Sybrand en Dennis en onze begeleidster was Anna, de stagiaire van groep 3. Op een bepaald moment werd ons groepje uit de vrachtwagen gezet (als derde) en moesten we terug naar de boerderij. We hadden instructie om goed op de zogenaamde spoken onderweg te letten, want die hadden steeds aanwijzingen voor de route.

Cilla was meteen al spookbang. Die huilde al bijna toen de vrachtwagen nog maar net verdwenen was. Ik moet zeggen, dat ik het ook wel erg donker vond en als ik het donkere bos in tuurde, kreeg ik een vreemd gevoel in mijn buik. Gelukkig hadden we onze zaklantaarns bij ons.

Onze eerste instructie was nog afkomstig van de vrachtwagenchauffeur die bij het uitladen had gezegd dat we rechtsaf het bos in moesten.

Giechelend namen we het aangewezen paadje. Dennis liep voorop vol stoere praatjes Wij volgden. Volgens mij vond Anna het net zo eng als wij, want ze giechelde even hard mee.

De enige die niet giechelde was Cilla.

'Kom op, Cil.' Ik stak mijn arm door de hare. 'Ik vind het ook eng.'

Op een gegeven moment zagen we in de verte een bewegend lichtje. Daar liepen we opaf. Na ongeveer vijf minuten gelopen te hebben, zagen we het lichtje een klein eindje voor ons uit en hoorden we een akelig gekreun. We bleven allemaal stokstijf staan, Dennis ook. Cilla begon zachtjes te jammeren dat ze het zo eng vond. Nou, dat vonden we allemaal. Dennis zei dat Sybrand nu maar een poosje voorop moest. Dat vond hij geen probleem. Volgens mij was hij de enige die echt helemaal niet bang was.

We liepen schoorvoetend verder. Op een gegeven moment zagen we een donkere gedaante vanachter een boom tevoorschijn komen die midden op het pad ging staan. Roerloos. Alleen het lichtje bewoog zachtjes heen en weer. Alhoewel ik wist dat het erbij hoorde, kreeg ik er koude rillingen van. We bleven allemaal stokstijf staan. Cilla vloog mij om de hals en klemde zich zo stijf aan mij vast dat ik bijna geen lucht kreeg. Aan de andere kant voelde ik Mirte in mijn arm knijpen.

'Kom maar.' Anna's stem klonk hoger dan anders. 'Er gebeurt niks, echt niet,' moedigde ze ons aan. 'Het lijkt alleen maar eng.' Ze kuchte een keer.

Voetje voor voetje schuifelden we verder, terwijl de donkere gedaante onbeweeglijk midden op het bospad bleef staan. 'Eerste pad links, eerste pad links, eerste pad links,' zei de donkere gedaante. 'Eerste pad…'

'Ja, dat weten we nu wel,' zei Dennis brutaal.

'Pas op ventje!' De donkere gedaante deed dreigend een stap naar ons toe. We gilden het uit en zetten het allemaal op een lopen.

'Eerste pad links, eerste pad links, eerste pad links,' galmde de donkere stem ons achterna.

Na een paar minuten, toen we de stem niet meer hoorden, bleven we hijgend staan. We moesten allemaal heel erg lachen.

'Ik pies in mijn broek,' gierde Valerie.

'Ik vind dit dus niet leuk,' piepte Cilla. 'Ik wil terug.'

'Naar die engerd daar zeker,' zei Sybrand nuchter. 'Kom op, het is allemaal vet nep. Laat je niet zo bang maken.'

Dat hielp wel een beetje en we gingen weer verder. Dennis liep nu weer voorop.

Na een poosje vroegen we ons af waar die afslag links toch bleef. Het duurde wel erg lang. Toen ontdekten we een smal paadje naar links.

'Zou dit het werkelijk zijn?' vroeg Anna aarzelend.

'Tuurlijk,' zei Mirte optimistisch.

We sloegen het paadje in en liepen een eindje.

'Wat duurt het lang voor de volgende aanwijzing,' zei Sybrand. 'Volgens mij zitten we fout.'

'Laten we terug gaan dan,' stelde Anna voor.

Dat deden we, maar we kwamen niet meer op de goede route.

'Nou zijn we verdwaald.' Cilla's stem sloeg over, maar ze huilde nog net niet.

'Nou en,' zei Sybrand, 'we komen er heus wel uit.'

Maar hoe we ook liepen en zochten, we vonden de goede weg niet terug.

Anna belde met meester Wim, maar ze kon hem niet vertellen waar we zaten. Meester Wim zei dat hij de boswachter in zou seinen dat wij verdwaald waren. Hij zei dat we moesten blijven waar we waren en niet verder aan het dwalen moesten gaan.

Na een hele poos, hoorden we in de verte het geronk van een motor. We keken speurend om ons heen.

'Daar, ik zie licht!' Sybrand wees.

Inderdaad scheen er in de verte een heel flauw lichtschijnsel tussen de bomen door.

'Zaklantaarns aan,' gebood Anna, 'en zwaaien!'

We stonden als gekken met onze lantaarns te zwaaien en we merkten dat het geronk sterker werd.

Het duurde maar even of er stopte een grote jeep naast ons. Het was de boswachter en hij bracht ons in zijn jeep terug naar onze kampeerboerderij.

We waren de laatsten en iedereen was ongerust. We werden binnengehaald als helden en moesten alles wel drie keer vertellen.

We moesten wel lachen, want die donkere gedaante die steeds maar eerste pad links, eerste pad links had geroepen, was meester Wim en hij had wel gezien dat wij veel te ver waren gelopen. Hij had ons nog nageroepen, maar omdat wij het zo op een gillen en rennen hadden gezet, hadden wij niks gehoord.

Vette LOL.

Zondag 22 juni

Vandaag had ik de finale! Afgelopen week ben ik niet naar school geweest, want ik had samen met Britt een trainingsstage bij de club waar ik na de vakantie naartoe ga. Hans was zo streng, dat ik af en toe wel gillend wilde weglopen. Maar hij was gelukkig ook aardig. Anders zou ik het denk ik niet volgehouden hebben.

Er waren er een paar kinderen van mijn klas mee. Boris dus (ik had het hem nu eenmaal beloofd), Mirte, Sharon, Tess, Cilla, Bente en Yasmine. Ik had ze allemaal gevraagd om niet alleen met Boris te hoeven zijn.

Wij hadden Mirte en Cilla in de auto en de rest reed met de moeder van Boris mee.

'Wat zit je haar mooi,' zei Cilla.

'Oma heeft het vanochtend ingevlochten. Mama kan dat niet.

'Dank je schat,' zei mijn moeder die achter ons zat. (We hebben zo'n grote auto waar je ook nog twee plaatsen helemaal achterin hebt)

'Het is toch zo?' verdedigde ik me. 'Als jij het doet zit de scheiding scheef of pieken er nog weer haren uit.'

'Ja hoor,' suste mama. 'Je hebt helemaal gelijk.'

'Ben je zenuwachtig?' vroeg Cilla.

'Altijd,' zei ik. 'Ook al kan ik mijn oefeningen dromen, je moet toch ook altijd geluk hebben.'

'Die balk lijkt mij zo moeilijk,' zei Mirte. 'Ik zou doodsbang zijn om te vallen.'

'Ik niet. Bovendien val je bijna nooit heel erg, want meestal voel je het wel aankomen en dan neem je een sprong zodat je toch op je voeten op de grond belandt.'

'Boris wuift naar je.' Oma draaide zich even naar ons om. Wij wuifden terug.

'Als hij nou maar niet tóch een spandoek heeft gemaakt,' zei ik.

Mirte en Cilla giechelen. 'Hup Fleur!' Mirte gaf me een duwtje.

'Houd op!' Ik duwde haar terug. 'Zorgen jullie er alsjeblieft voor dat Boris zich een beetje gedraagt. Ik heb jullie niet voor niks gevraagd.'

'We houden Boris in de gaten,' beloofde Mirte 'en als hij zich misdraagt, zetten we hem eruit.'

'Waaruit?' vroeg ik melig.

Bij de sporthal gekomen, was er een grote verrassing, want op de parkeerplaats stonden al mijn andere klasgenoten samen met juf. Ze begonnen allemaal luid te juichen, toen ik uit de auto stapte.

De ouders van Valerie hadden allebei gereden, juf natuurlijk ook en dan nog de vader van Jennifer en de moeder van Nigel. Ik vond het helemaal te gek dat iedereen er was, maar ik was te onrustig om nog lang te blijven staan.

Al snel nam ik afscheid van iedereen en verdween in de kleedkamer. Toen ik mij omgekleed had, ging ik de zaal in om me in te turnen. Ik keek omhoog naar de tribune en zwaaide.

Het inturnen ging goed. Alma gaf nog de laatste aanwijzingen en voor we het wisten moesten we de opmars doen. Dat is altijd aan het begin van elke wedstrijd. Dan komen de turnsters op muziek naar binnen gemarcheerd.

Britt en ik zaten in een groepje van acht meisjes en wij begonnen met sprong. Ik deed twee perfecte sprongen. Het is altijd heel belangrijk dat je na de sprong in één keer stabiel staat en dus niet nog gauw even verstapt. Na beide sprongen stond ik meteen in één keer goed.

Daarna moesten we wachten tot de groepjes bij de andere onderdelen klaar waren. Samen met Britt nam ik de balkoefening nog een keer door op de witte streep aan de rand van de turnzaal.

Balk ging ook goed. Ik turnde echt een goede balkoefening met bijna geen wiebels. De arme Britt viel er een keer af.

Toen ik naar boven keek, zag ik dat mijn moeder drie vingers opstak. Dat betekende dat ik bij de tussenstand op de derde plaats stond. Ik zag mijn klasgenoten druk duimen en Boris stak al duimend zijn beide handen omhoog.

Toen kwam mijn lievelingsonderdeel, vloer. Ik vind het gewoon leuk om een oefening op muziek te doen en dat doe je dus met vloer. Zelfs de Arabier, twee keer flikflak, salto achteruit en salto met schroef (allemaal achter elkaar door) gingen dit keer helemaal perfect. Helaas kwam ik op een gegeven moment met mijn rechterhiel een klein stukje buiten de lijn terecht. Dat betekende aftrek.

Op de brug ging het weer heel goed. Al met al was ik tevreden over hoe het was gegaan.

Het was vet spannend om op de uitslag te moeten wachten. We zaten in de kleedkamer en die arme Britt zat in zak en as omdat ze van de balk was gevallen.

Ik probeerde haar te troosten. 'Kom op, alle andere dingen gingen toch goed? Bij de tussenstand stond je tiende en toen had je de balk al gehad.

'Ik kan het gewoon niet.' Britt trok de rits van haar trainingsjack omhoog. 'Ik kan gewoon niet tegen de spanning van een wedstrijd.'

Alma kwam binnen. 'De prijsuitreiking begint.'

We stelden ons netjes in een lange rij op en marcheerden daarna op de muziek de turnzaal binnen.

Ik keek natuurlijk weer omhoog en zag dat Boris en Tess samen een spandoek vasthielden met daarop *Hoera voor Fleur!* Boris had het dus toch gedaan, maar niet voor tijdens de wedstrijd, maar voor daarna. Om mij niet af te leiden. Hoewel ik me wel een beetje schaamde, vond ik het toch ook wel schattig.

Ik kan het zelf nog niet geloven, maar ik eindigde op de derde plaats en kreeg een bronzen medaille. Toen ik daar stond, barstten mijn klasgenoten in een luid gejuich uit terwijl ze het spandoek hoog in de lucht hielden. Die Boris had toch maar een goede actie op touw gezet. Eigenlijk.

Britt eindigde op de zesde plaats en dat was ook heel goed, in elk geval goed genoeg om net als ik door te gaan naar de talentendivisie.

Later in de kantine werd ik door iedereen gefeliciteerd, óók door Valerie, die zei dat ze het ontzettend goed vond, zoals ik had geturnd.

'Zo zou ik het niet kunnen,' zei ze eerlijk. 'Die trainer toen had wel gelijk.'

Ik vond het heel eerlijk van haar dat ze dat zei.

Valeries ouders trakteerden iedereen op patat en drinken. Vet aardig!

Op weg naar huis was ik zo blij, dat ik Cilla en Mirte om beurten in hun arm kneep. Toen Cilla protesteerde, zei ik dat ze nog wat van me tegoed had, omdat na die spooktocht mijn rechterbovenarm onder de blauwe plekken zat.

Vrijdag 27 juni

Het schooljaar is afgelopen en ik voel me verdrietig (melancholiek, noemt oma het), ondanks het feit dat we volgende week op vakantie gaan, ondanks het feit dat Mirte weer mee mag, ondanks het feit dat het aan is met Nigel (ja ja), ondanks het feit dat ik zin heb in de middelbare school en ondanks het feit dat ik ook zin heb in het volgende turnjaar. Maar... de basisschool is voorbij. Voorgoed. De groep waar ik acht jaar in heb gezeten ligt uit elkaar en dat terwijl we het de laatste weken zo ont-zet-tend gezellig hadden. Dat komt never, nooit meer terug.

Vanochtend waren we voor de laatste keer op school. We mogen volgend schooljaar natuurlijk nog wel op bezoek komen, maar dat is toch heel anders. Dan zijn we geen klas meer.

We hebben in alle klassen snoep gegooid. Toen hebben we ons vak opgeruimd en dat soort dingen en toen was het zo ver. We mochten naar huis. Het was nog niet eens twaalf uur, maar degenen die wilden, mochten gaan. Een paar kinderen gingen weg, maar de meeste bleven nog in het lokaal bij juf hangen. En huilen. Ik ook. Juf zei dat we vooral ook aan de leuke dingen die geweest waren, moesten denken. Nou, die waren er zeker.

Afgelopen woensdagavond voerden we voor de ouders, grootouders en broertjes en zusjes de musical op. Dat ging hartstikke goed. Daarna moesten we in twee- of drietallen naar voren komen en sprak juf ons toe.

Ik moest samen met Mirte. Juf zei dat wij heel belangrijke sfeermakers in de groep waren geweest en dat ze daar blij mee was. Ze zei dat we dat talent ook in de toekomst moesten gebruiken in de nieuwe groepen waarin we terecht zouden komen. Bij ieder kind zei ze iets aardigs. Ook bij Valerie. Dat ze het knap vond dat Valerie haar fouten had durven toegeven en haar arrogante houding had losgelaten. Nou ja, ze zei het een beetje anders, maar daar kwam het wel op neer.

We kregen allemaal een heel mooi boekje met foto's erin van groep 1 tot en met groep 8 en allemaal korte verslagjes die we in de loop van de tijd zelf hadden geschreven.

Toen namen de ouders afscheid van juf en veel kinderen huilden tranen met tuiten. Ik ook. Maar juf troostte ons en zei dat we morgenavond het afscheidsfeest nog hadden en dat het nu nog te vroeg was voor tranen.

Het afscheidsfeest was helemaal te gek voor woorden, zóóó gaaf! Wij, groep 8, hadden het dus georganiseerd en we hadden groep 7 uitgenodigd. We hadden chips en frisdrank gekocht en goeie muziek geregeld.

Natuurlijk was er disco met een slowwedstijd, maar eerst hadden we het grote verstopspel. Dat klinkt misschien kinderachtig, maar dat was het niet. Alle lichten in de hele school gingen uit en vier kinderen waren de zoekers. De rest moest zich in die stikdonkere school verstoppen. Alle plekken mochten.

De opdracht was dat je alleen moest en geen geluid mocht maken. Dat is spannend hoor, om je in je eentje in zo'n stik-

donkere school te
verstoppen.

Op een gegeven mo-
ment was ik de koffieka-
mer van de meesters en juffen ingegaan. Ik zat er nog maar
net, achter een van de gordijnen, toen
de deur weer open piepte. Mijn hart begon helemaal te bonzen, want hoewel ik wist dat het iemand was die
ik kende, dacht ik toch: stel je voor dat het een boef of een
moordenaar is.

'Hé, pssst, Fleur, waar zit je?' klonk een stem. 'Ik ben het,
Nigel. Ik zag je hier naar binnen gaan.'

Nigel. Mijn hart bonsde al van schrik, maar begon nu nog
harder te bonzen.

'Hier,' fluisterde ik en ik bewoog het gordijn.

'Ik verstop me hier ook, hoor! Ik neem het andere gordijn.'

Ik hoorde wat geschuivel en toen werd het weer stil. Daar
zaten we nu, ieder achter een gordijn.

'Heb je voldoende gedacht?' fluisterde hij na een poosje.

Dit keer wist ik meteen wat hij bedoelde. 'Ja,' fluisterde ik
terug.

Ik had echt heel veel gedacht. Ik vond het nog steeds reuze
stom allemaal, maar ik vond Nigel toch echt een schatje.

'Wil je met me?' fluisterde hij toen.

'Goed,' fluisterde ik terug.

Daarna werd het weer stil. Ik was superblij. Nu had ik dan
verkering met Nigel. Eindelijk, na al die jaren weer. Het
was toch nog goed gekomen.

'Jij bent voor mij altijd de leukste geweest,' fluisterde Nigel.

'Jij voor mij,' fluisterde ik terug. Het was wel prettig om dit gesprek, verstopt achter de gordijnen te voeren. Hoefden we elkaar niet aan te kijken.

'Ben je nog boos?' vroeg Nigel.

'Nee,' antwoordde ik. 'Dat is over.'

'Het was stom van me, dat met Valerie.'

'Ja,' zei ik.

'Weet je, haar vader zei toen met dat feest aan het eind van groep 7, dat hij altijd op zoek was naar jong talent en zo. Toen zei Valerie dus, dat zij het wel kon regelen met haar vader dat ik een keer voor zou mogen spelen, maar dan moest ik verkering met haar nemen.'

'Ik weet het.'

'Ik dacht dat ze misschien wel mee zou vallen als je eenmaal verkering met haar had, en dat was ook wel zo, maar ik vond jou steeds de leukste. En ik mocht ook maar steeds niet voorspelen. Valerie zei steeds dat haar vader het nu nog even te druk had, maar dat hij binnenkort tijd zou hebben. Maar dat was dus niet waar.'

'Hoe gaat het nu met je voetbal dan?'

'Wel goed. Ik kom heel misschien volgend seizoen in de jeugdselectie van onze club.'

'Echt?'

'Ja.'

'Wauwie. Gefeliciteerd!'

De deur ging open en twee van de zoekers kwamen binnen. Het waren Sharon en Tess.

Ze trokken eerst mij en daarna Nigel achter het gordijn vandaan.

'Zitten jullie hier, stiekemerds? Jullie doen in elk geval mee aan de slowwedstrijd!' Lachend trokken ze ons mee naar ons lokaal waar de disco was ingericht.

Even later slowden we samen met nog zes andere stelletjes. De andere kinderen durfden allemaal niet en stonden langs de kant te giechelen.

Sharon, Thijs en Tess zaten in de jury en Nigel en ik wonnen de eerste prijs van de slowwedstrijd! Iedereen klapte en juichte.

Toen het feest was afgelopen, kwam Valerie naar me toe. Ik stond met Mirte, Cilla en Sharon te kletsen.

'Kom je even?' Valerie trok me aan mijn mouw mee. 'Ik weet dat turnen jouw lievelingssport is, hoor,' zei ze.

Ik keek haar niet begrijpend aan.

'Je geheime vraag was erg makkelijk,' zei ze tegen mij. 'Het spijt me echt heel erg.'

Toen draaide ze zich om en ging er op een holletje vandoor.

PS: In de vakantie ga ik een profiel op hyves aanmaken. Op mijn blog zal ik regelmatig stukjes plaatsen over mijn nieuwe schooljaar in de brugklas, over mijn gastgezin en natuurlijk ook over mijn turnprestaties. En misschien kunnen we wel vrienden worden!

Kom je kijken? Mijn profielnaam is Fleur van Vlaardingen.

http://fleurvv26.hyves.nl/

xxx Fleur

Gonneke Huizing werd geboren op 11 april 1960. Ze heeft Nederlandse taal- en letterkunde gestudeerd en was jarenlang werkzaam in het voortgezet onderwijs. Momenteel is ze naast jeugdboekenschrijver freelance tekstschrijver. Ze is getrouwd en heeft twee dochters van 13 en 15 uit China.

In 1994 begon ze met schrijven en in 1996 verscheen haar eerste boek, *Mes op de keel*, dat geselecteerd werd door de Jonge Jury en ook genomineerd voor de Jonge Jury Prijs. Het boek is ook in het Duits vertaald.

Wat Gonneke Huizing leuk vindt aan het schrijven, is dat ze zelf de baas is over het verhaal. Zij bepaalt wat personages doen of juist niet doen! Vaak weet ze zelf niet van tevoren hoe een verhaal afloopt. Dat maakt het schrijven voor haar een spannende gebeurtenis!

Gonneke wil het liefst dat de lezer zo gegrepen wordt door het verhaal, dat hij het boek in een ruk uitleest. Een goede spanningsopbouw is dan ook heel belangrijk: daardoor wordt de lezer meegesleept met de thematiek van het verhaal.

Ze wil haar boeken niet in de eerste plaats een opvoedkundige boodschap meegeven, in de zin van 'Denk er om, je mag dit niet en je moet dat!' Wel vindt Gonneke het belangrijk dat jongeren blijven lezen omdat dat hun wereld verruimt. Zelf zegt ze hier over: 'Het is goed om over de grenzen van je eigen wereld heen te kijken. Ik vind het belangrijk dat de lezers gegrepen worden door mijn verhaal en dat het hen op de één of andere manier raakt. Ik hoop dat mijn lezers zich betrokken gaan voelen bij wat er in het boek gebeurt en dat mijn verhaal iets toevoegt aan hun mening over de wereld om hen heen.'

Andere boeken van Gonneke Huizing:

Verboden te zoenen (2008)
Babylove (2007) KERNTITEL JONGE JURY 2009
4 Love (2006)
Slikken of stikken (2005); luisterversie (2008)
Fluiten in het donker (2000)
Belofte maakt schuld (1998)
Mes op de keel (1996)

www.gonnekehuizing.nl

Derde druk, september 2011

Omslagontwerp: Studio Jan de Boer
© illustraties: Erica Ringelberg

ISBN 978902511068
NUR 283